# »DAS HERZ BLEIBT EIN KIND«

## Weihnachten mit Fontane

Herausgegeben von Matthias Reiner

Mit Illustrationen von Selda Marlin Soganci

Insel Verlag

Insel-Bücherei Nr. 2524
Sonderausgabe 2024

»Die Erfüllung eines Lieblingswunsches,
sei der Wunsch selber wie er wolle,
berührt uns wie Weihnachtsfreude.
Das Herz bleibt ein Kind.«

*Wanderungen durch die Mark Brandenburg.*
*Spreeland/Die Wendische Spree:*
*An der Bord der ›Sphinx‹*

INHALT

Zum 24. Dezember 1890 ... 9
Heiligabend ... 10
»Ich werde doch vielleicht tanzen« ... 26
Zu Weihnachten ... 37
»Alles muß seinen Schick haben« ... 42
»Die schwarze Suppe der Spartaner« ... 49
»Weihnachten war es nichts« ... 57
»Weihnachtswanderung« ... 65
»Ich will einen ganzen Mann und ein ganzes Herz« ... 84
Zum 24. Dezember 1890 ... 97

Textnachweise ... 99

## ZUM 24. DEZEMBER 1890

Noch einmal ein Weihnachtsfest.
Immer kleiner wird der Rest,
Aber nehm' ich so die Summe,
Alles Grade, alles Krumme,
Alles Falsche, alles Rechte,
Alles Gute, alles Schlechte –
Rechnet sich aus all dem Braus
Doch ein richtig' Leben 'raus.
Und dies können ist das Beste
Wohl bei diesem Weihnachtsfeste.

## HEILIGABEND

Es war Weihnachten 1812, Heiliger Abend. Einzelne Schneeflocken fielen und legten sich auf die weiße Decke, die schon seit Tagen in den Straßen der Hauptstadt lag. Die Laternen, die an langausgespannten Ketten hingen, gaben nur spärliches Licht; in den Häusern aber wurde es von Minute zu Minute heller, und der »Heilige Christ«, der hier und dort schon einzuziehen begann, warf seinen Glanz auch in das draußen liegende Dunkel.

So war es auch in der Klosterstraße. Die »Singuhr« der Parochialkirche setzte eben ein, um die ersten Takte ihres Liedes zu spielen, als ein Schlitten aus dem Gasthof »Zum grünen Baum« herausfuhr und gleich darauf schräg gegenüber vor einem zweistöckigen Hause hielt, dessen hohes Dach noch eine Mansardenwohnung trug. Der Kutscher des Schlittens, in einem abgetragenen, aber mit drei Kragen ausstaffierten Mantel, beugte sich vor und sah nach den obersten Fenstern hinauf; als er jedoch wahrnahm, daß alles ruhig blieb, stieg er von seinem Sitz, strängte die Pferde ab und schritt auf das Haus zu, um durch die halb offenstehende Tür in dem dunklen Flur desselben zu verschwinden. Wer ihm dahin gefolgt wäre, hätte notwendig das stufenweise Stapfen und Stoßen hören müssen, mit dem er sich, vorsichtig und ungeschickt, die drei Treppen hinauffühlte.

Der Schlitten, eine einfache Schleife, auf der ein mit einem sogenannten »Plan« überspannter Korbwagen befestigt war, stand all die Zeit über ruhig auf dem Fahrdamm, hart an der Öffnung einer hier aufgeschütteten Schneemauer. Der Korbwagen selbst, mutmaßlich um mehr Wärme und Bequemlichkeit zu geben, war nach hinten zu, bis an die Plandecke hinauf, mit Stroh gefüllt; vorn lag ein Häckselsack, gerade breit genug, um zwei Personen Platz zu gönnen. Alles so primitiv wie möglich. Auch die Pferde waren unscheinbar genug, kleine Ponys, die gerade jetzt in ihrem winterlich rauhen Haar ungeputzt und dadurch ziemlich vernachlässigt aussahen. Aber wie immer auch, die russischen Sielen, dazu das Schellengeläut, das auf roteingefaßten, breiten Ledergurten über den Rücken der Pferde hing, ließen keinen Zweifel darüber, daß das Fuhrwerk aus einem guten Hause sei.

So waren fünf Minuten vergangen oder mehr, als es auf dem Flur hell wurde. Eine Alte in einer weißen Nachthaube, das Licht mit der Hand schützend, streckte den Kopf neugierig in die Straße hinaus; dann kam der Kutscher mit Mantelsack und Pappkarton; hinter diesem, den Schluß bildend, ein hochaufgeschossener, junger Mann von leichter, vornehmer Haltung. Er trug eine Jagdmütze, kurzen Rock und war in seiner ganzen Oberhälfte unwinterlich gekleidet. Nur seine Füße steckten in hohen Filzstiefeln. »Frohe Feiertage, Frau Hulen«, damit reichte er der Alten die Hand, stieg auf die Deichsel und nahm Platz neben dem Kutscher. »Nun vorwärts, Krist; Mitternacht sind wir in *Hohen-Vietz.* Das ist recht, daß Papa die Ponys geschickt hat.«

Die Pferde zogen an und versuchten es, ihrer Natur nach, in einen leichten Trab zu fallen; aber erst als sie die Königsstraße mit ihrem Weihnachtsgedränge und Waldteufelgebrumm im Rükken hatten, ging es in immer rascherem Tempo die Landsberger Straße entlang und endlich unter immer munterer werdendem Schellengeläut zum Frankfurter Tore hinaus.

Draußen umfing sie Nacht und Stille; der Himmel klärte sich, und die ersten Sterne traten hervor. Ein leiser, aber scharfer Ostwind fuhr über das Schneefeld, und der Held unserer Geschichte, *Lewin von Vitzewitz*, der seinem väterlichen Gute

*Hohen-Vietz* zufuhr, um die Weihnachtsfeiertage daselbst zu verbringen, wandte sich jetzt, mit einem Anflug von märkischem Dialekt, an den neben ihm sitzenden Gefährten. »Nun, Krist, wie wär' es? Wir müssen wohl einheizen.« Dabei legte er Daumen und Zeigefinger ans Kinn und paffte mit den Lippen. Dies »wir« war nur eine Vertraulichkeitswendung; Lewin selbst rauchte nicht. Krist aber, der von dem Augenblick an, wo sie die Stadt im Rücken hatten, diese Aufforderung erwartet haben mochte, legte ohne weiteres die Leinen in die Hand seines jungen Herrn und fuhr in die Manteltasche, erst um eine kurze Pfeife mit bleiernem Abguß, dann um ein neues Paket Tabak daraus hervorzuholen. Er nahm beides zwischen die Knie, öffnete das mit braunem Lack gesiegelte Paket, stopfte und begann dann mit derselben langsamen Sorglichkeit nach Stahl und Schwamm zu suchen. Endlich brannte es; er tat, indem er wieder die Leine nahm, die ersten Züge, und während jetzt kleine Funken aus dem Drahtdeckel hervorsprühten, ging es auf Friedrichsfelde zu, dessen Lichter ihnen über das weiße Feld her entgegenschienen.

Das Dorf lag bald hinter ihnen. Lewin, der sich's inzwischen bequem gemacht und durch festeren

Aufbau einiger Strohbündel eine Rückenlehne hergerichtet hatte, schien jetzt in der Stimmung, eine Unterhaltung aufzunehmen. Ehe des Kutschers Pfeife brannte, wär' es ohnehin nicht rätlich gewesen.

»Nichts Neues, Krist?« begann Lewin, indem er sich fester in die Strohpolster drückte. »Was macht Willem, mein Päth?«

»Dank schön, junger Herr, he ist ja nu wedder bi Weg.«

»Was war ihm denn?«

»He hett sich verfiert. Un noch dato an sinen Gebortsdag. Et is nu en Wochner drei; ja, up'n Dag hüt, drei Wochen. Oll Doktor Leist von Lebus hett'em aber wedder torecht bracht.«

»Er hat sich verfiert?«

»Ja, junger Herr, so glöwen wi all. Et wihr wol so um de fiefte Stunn, as mine Fru seggen däd: Willem geih un hol uns en paar Äppels, awers von de Renetten up'n Stroh, dicht bi de Bohnenstakens. Un uns' Lütt-Willem ging ooch, un ick hürt' em noch flüten un singen un dat Klapsen von sine Pantinen ümmer den Floor lang. Awer dunn hürt ick nix mihr, un as he nu an de olle wackel'sche Döör käm un in den groten Saal rinnwull, wo uns' Äppels liggen un wo de Lüt seggen, dat de oll'

Matthias spöken deiht, da möt em wat passiert sinn. He käm nich un käm nich; un as ick nu nahjung un sehn wull, wo he bliwen däd, da läg he, glieks achter de Schwell, as dod up de Fliesen.«

»Das arme Kind! Und Eure Frau ...«

»De käm ooch, un wi drögen em nu torügg in unse Stuv' un rewen em in. Mine Fru hätt ümmer en beten Miren-Spiritus to Huus. As he nu wedder to sich käm, biwwerte em de janze lütte Liew, un he seggte man ümmer: ›Ick hebb em sehn.‹«

Lewin hatte sich zurechtgerückt. »Es geht also wieder besser«, warf er hin, und wie um loszukommen von allerhand Bildern und Gedanken, die des Kutschers Erzählung in ihm angeregt hatte, fuhr er hin und her in Erkundigungen, worauf Krist mit so viel Ausführlichkeit antwortete, wie ihm die Raschheit der Fragen gestattete. Dem Schulzen Kniehase war einer von seinen Braunen gefallen; bei Hoppenmarieken hatte der Schornstein gebrannt; bei Witwe Gräbschen hatte Nachtwächter Pachaly einen mittelgroßen Sarg, mit einem Myrtenkranz darauf, vor der Haustür stehen sehn, »un wihl et man en *mittelscher* Sarg west wihr, so hedden se all an de Jüngscht, an Hanne Gräbschen' dacht. De is man kleen und piept all lang.«

Die Sterne traten immer zahlreicher hervor. Lewin lupfte die Kappe, um sich die Stirn von der frischen Winterluft anwehen zu lassen, und sah staunend und andächtig in den funkelnden Himmel hinauf. Es war ihm, als fielen alle dunklen Geschicke, das Erbteil seines Hauses, von ihm ab und als zöge es lichter und heller von oben her in seine Seele. Er atmete auf. Zwei, drei Schlitten flogen vorüber, grüßten und sangen, sichtlich Gäste, die im Nebendorf die Bescherung nicht versäumen wollten; dann, ehe fünf Minuten um waren, glitt das Gefährt unserer zwei Freunde unter den Giebelvorbau des Bohlsdorfer Kruges.

Bohlsdorf war drittel Weg. Niemand kam. An den Fenstern zeigte sich kein Licht; die Krügersleute mußten in den Hinterstuben sein und das Vorfahren des Schlittens, trotz seines Schellengeläutes, überhört haben. Krist nahm wenig Notiz davon. Er stieg ab, holte eine der Stehkrippen heran, die beschneit an dem Hofzaun entlang standen, und schüttete den Pferden ihren Hafer ein.

Auch Lewin war abgestiegen. Er stampfte ein paarmal in den Schnee, wie um das Blut wieder in Umlauf zu bringen, und trat dann in die Gaststube, um sich zu wärmen und einen Imbiß zu nehmen. Drinnen war alles leer und dunkel; hinter dem Schenktisch aber, wo drei Stufen zu einem höher gelegenen Alkoven führten, blitzte der Christbaum von Lichtern und goldenen Ketten. In diesem Weihnachtsbilde, das der enge Türrahmen einfaßte, stand die Krügersfrau in Mieder und rotem Friesrock und hatte einen Blondkopf auf dem Arm, der nach den Lichtern des Baumes langte. Der Krüger selbst stand neben ihr und sah auf das Glück, das ihm das Leben und dieser Tag beschert hatten.

Lewin war ergriffen von dem Bilde, das fast wie eine Erscheinung auf ihn wirkte. Leiser als er eingetreten war, zog er sich wieder zurück und trat

auf die Dorfstraße. Gegenüber dem Kruge, von einer Feldsteinmauer eingefaßt, lag die Bohlsdorfer Kirche, ein alter Zisterzienserbau aus den Tagen der ersten Kolonisten. Es klang deutlich von drüben her, als würde die Orgel gespielt, und Lewin, während er noch aufhorchte, bemerkte zugleich, daß eines der kleinen, in halber Wandhöhe hinlaufenden Rundbogenfenster matt erleuchtet war. Neugierig, ob er sich täuschte oder nicht, stieg er über die niedrige Steinmauer fort und schritt zwischen den Gräbern hin auf die Längswand der Kirche zu. Ziemlich inmitten dieser Wand bemerkte er eine Pforte, die nur eingeklinkt war, aber nicht geschlossen war. Er öffnete leise und trat ein. Es war, wie er vermutet hatte. Ein alter Mann, mit Samtkäpsel und spärlichem weißen Haar, saß vor der Orgel, während ein Lichtstümpfchen neben ihm eine kümmerliche Beleuchtung gab. In sein Orgelspiel vertieft, bemerkte er nicht, daß jemand eingetreten war, und feierlich, aber gedämpften Tones klangen die Weihnachtsmelodien nach wie vor durch die Kirche hin.

Übte sich der Alte für den kommenden Tag, oder feierte er hier sein Christfest allein für sich mit Psalmen und Choral? Lewin hatte sich die Frage kaum gestellt, als er, der Orgel gegenüber, einen zweiten Lichtschimmer wahrnahm; auf der untersten Stufe des Altars stand eine kleine Hauslaterne. Als er nähertrat, sah er, daß Frauenhände hier eben noch beschäftigt gewesen sein mußten. Ein Handfeger lag da, daneben eine kurze Stehleiter, die beiden Seitenhölzer oben mit Tüchern umwunden. Das Licht der Laterne fiel auf zwei Grabsteine, die vor dem Altar in die Fliesen eingelegt waren; der eine zur Linken enthielt nur Namen und Datum, der andere zur Rechten aber zeigte Bild und Spruch. Zwei Lindenbäume neigten ihre Wipfel einander zu, und darunter standen Verse, zehn oder zwölf Zeilen. Nur die Zeilen der zweiten Strophe waren noch deutlich erkennbar und lauteten:

Sie sieht nun tausend Lichter;
Der Engel Angesichter
Ihr treu zu Diensten stehn;
Sie schwingt die Siegesfahne
Auf güldnem Himmelsplane
Und kann auf Sternen gehn.

Lewin las zwei-, dreimal, bis er die Strophe auswendig wußte; die letzte Zeile namentlich hatte einen tiefen Eindruck auf ihn gemacht, von dem er sich keine Rechenschaft geben konnte. Dann sah er sich noch einmal in der seltsam erleuchteten Kirche um, deren Pfeiler und Chorstühle ihn schattenhaft umstanden, und kehrte, die Türe leise wieder anlehnend, erst auf den Kirchhof, dann, mit raschem Sprung über die Mauer, auf die Dorfstraße zurück.

Der Krug hatte indessen ein verändertes Ansehen gewonnen. In der Gaststube war Licht; Krist stand am Schenktisch im eifrigen Gespräch mit dem Krüger, während die Frau, aus der Küche kommend, ein Glas Kirschpunsch auf den Tisch stellte. Sie plauderten noch eine Weile auch über den alten Küster drüben, der, seitdem er Witmann geworden, seinen Heiligen Abend mit Orgelspiel zu feiern pflegte; dann, unter Händeschütteln und Wünschen für ein frohes Fest, wurde Abschied genommen, und an den stillen Dorfhütten vorbei ging es weiter in die Nacht hinein.

Lewin sprach von den Krügersleuten; Krist war ihres Lobes voll. Weniger wollt' er vom Bohlsdorfer Amtmann wissen, am wenigsten vom Petershagener Müller, an dessen abgebrannter Bockmühle sie eben vorüberfuhren. Aus allem ging hervor, daß Krist, der allwöchentlich dieses Weges kam, den Klatsch der Bierbänke zwischen Berlin

und Hohen-Vietz in treuem Gedächtnis trug. Er wußte alles und schwieg erst, als Lewin immer stiller zu werden begann. Nur kurze Ansprachen an die Ponys belebten noch den Weg. Die regelmäßige Wiederkehr dieser Anrufe, das monotone Schellenläuten, das alsbald wie von weit her zu klingen schien, legte sich mehr und mehr mit einschläfernder Gewalt um die Sinne unseres Helden. Allerhand Gestalten zogen an seinem halbgeschlossenen Auge vorüber; aber eine dieser Gestalten, die glänzendste, nahm er mit in seinen Traum. Er saß vor ihr auf einem niedrigen Tabouret; sie lachte ihn an und schlug ihn leise mit dem Fächer, als er nach ihrer Hand haschte, um sie zu küssen. Hundert Lichter, die sich in schmalen Spiegeln spiegelten, brannten um sie her, und vor ihnen lag ein großer Teppich, auf dem Göttin Venus in ihrem

Taubengespann durch die Lüfte zog. Dann war es plötzlich, als löschten alle diese Lichter aus; nur zwei Stümpfchen brannten noch; es war wie eine schattendurchhuschte Kirche, und an der Stelle, wo der Teppich gelegen hatte, lag ein Grabstein, auf dem die Worte standen:

Sie schwingt die Siegesfahne
Auf güldnem Himmelsplane
Und kann auf Sternen gehn.

Süß und schmerzlich, wie kurz vorher bei wachen Sinnen ihn diese Worte berührt hatten, berührten sie ihn jetzt im Traum. Er wachte auf.

»Noch eine halbe Meile, junger Herr«, sagte Krist.

»Dann sind wir in Dolgelin?«

»Nein, in Hohen-Vietz.«

»Da hab' ich fest geschlafen.«

»Dritthalb Stunn.«

Das erste, was Lewin wahrnahm, war die Sorglichkeit, mit der sich der alte Kutscher mittlerweile um ihn bemüht hatte. Der Futtersack war ihm unter die Füße geschoben, die beiden Pferdedekken lagen ausgebreitet über seinen Knien.

Nicht lange, und der Hohen-Vietzer Kirchturm

wurde sichtbar. An oberster Stelle eines Höhenzuges, der nach Osten hin die Landschaft schloß, stand die graue Masse schattenhaft im funkelnden Nachthimmel.

Dem Sohne des Hauses schlug das Herz immer höher, sooft er dieses Wahrzeichens seiner Heimat ansichtig wurde. Aber er hatte heute nicht lange Zeit, sich der Eigentümlichkeit des Bildes zu freuen. Die beschneiten Parkbäume traten zwischen ihn und die Kirche, und einige Minuten später schlugen die Hunde an, und zwischen zwei Torpfeilern hindurch beschrieb der Schlitten eine Kurve und hielt vor der portalartigen Glastüre, zu der zwei breite Sandsteinstufen hinaufführten.

Lewin, der sich schon vorher erhoben hatte, sprang hinaus und schritt auf die Stufen zu. »Guten Abend, junger Herr«, empfing ihn ein alter Diener in Gamaschen und Frackrock, an dem nur die großen blanken Knöpfe verrieten, daß es eine Livree sein sollte.

»Guten Abend, Jeetze; wie geht es?«

Aber über diesen Gruß kam Lewin nicht hinaus, denn im selben Augenblick richtete sich ein prächtiger Neufundländer vor ihm auf und überfiel ihn, die Vorderpfoten auf seine Schultern legend, mit den allerstürmischsten Liebkosungen.

»Hektor, laß gut sein, du bringst mich um.« Damit trat unser Held in die Halle seines väterlichen Hauses. Ein paar Scheite, die im Kamin verglühten, warfen ihr Licht auf die alten Bilder an der Wand gegenüber. Lewin sah sich um, nicht ohne einen Anflug freudigen Stolzes, auf der Scholle seiner Väter zu stehen.

Dann leuchtete ihm der alte Diener die schwere doppelarmige Treppe hinauf, während Hektor folgte.

## »ICH WERDE VIELLEICHT DOCH TANZEN«

Die musikalische Soiree bei Gieshübler hatte Mitte Dezember stattgefunden, gleich danach begannen die Vorbereitungen für Weihnachten, und Effi, die sonst schwer über diese Tage hinweggekommen wäre, segnete es, daß sie selber einen Hausstand hatte, dessen Ansprüche befriedigt werden mußten. Es galt nachsinnen, fragen, anschaffen, und das alles ließ trübe Gedanken nicht aufkommen. Am Tage vor Heiligabend trafen Geschenke von den Eltern aus Hohen-Cremmen ein, und mit in die Kiste waren allerhand Kleinigkeiten aus dem Kantorhause gepackt: wunderschöne Reinetten von einem Baum, den Effi und Jahnke vor mehreren Jahren gemeinschaftlich okuliert hatten, und dazu braune Puls- und Kniewärmer von Bertha und Hertha. Hulda schrieb nur wenige Zeilen, weil sie, wie sie sich entschuldigte, für X. noch eine Reisedecke zu stricken habe. »Was einfach nicht wahr ist«, sagte Effi. »Ich wette, X. existiert gar nicht. Daß sie nicht davon lassen kann, sich mit Anbetern zu umgeben, die nicht da sind!«

Und so kam Heiligabend heran.

Innstetten selbst baute auf für seine junge Frau,

der Baum brannte, und ein kleiner Engel schwebte oben in Lüften. Auch eine Krippe war da mit hübschen Transparenten und Inschriften, deren eine sich in leiser Andeutung auf ein dem Innstettenschen Hause für nächstes Jahr bevorstehendes Ereignis bezog. Effi las es und errötete. Dann ging sie auf Innstetten zu, um ihm zu danken, aber eh sie dies konnte, flog, nach altpommerschem Weihnachtsbrauch, ein Julklapp in den Hausflur: eine große Kiste, drin eine Welt von Dingen steckte. Zuletzt fand man die Hauptsache, ein zierliches, mit allerlei japanischen Bildchen überklebtes Morsellenkästchen, dessen eigentlichem Inhalt auch noch ein Zettelchen beigegeben war. Es hieß da:

Drei Könige kamen zum Heiligenchrist,
Mohrenkönig einer gewesen ist; –
Ein Mohrenapothekerlein
Erscheinet heute mit Spezerein,
Doch statt Weihrauch und Myrrhen,
 die nicht zur Stelle,
Bringt er Pistazien- und Mandel-Morselle.

Effi las es zwei-, dreimal und freute sich darüber. »Die Huldigungen eines guten Menschen haben doch etwas besonders Wohltuendes. Meinst du nicht auch, Geert?«

»Gewiß meine ich das. Es ist eigentlich das einzige, was einem Freude macht oder wenigstens Freude machen sollte. Denn jeder steckt noch so nebenher in allerhand dummem Zeuge drin. Ich auch. Aber freilich, man ist, wie man ist.«

Der erste Feiertag war Kirchtag, am zweiten war man bei Borckes draußen, alles zugegen, mit Ausnahme von Grasenabbs, die nicht kommen wollten, »weil Sidonie nicht da sei«, was man als Entschuldigung allseitig ziemlich sonderbar fand. Einige tuschelten sogar: »Umgekehrt; gerade deshalb hätten sie kommen sollen.« Am Silvester war Ressourcenball, auf dem Effi nicht fehlen durfte und auch nicht wollte, denn der Ball gab ihr Ge-

legenheit, endlich einmal die ganze Stadtflora beisammen zu sehen. Johanna hatte mit den Vorbereitungen zum Ballstaate für ihre Gnädige vollauf zu tun, Gieshübler, der, wie alles, so auch ein Treibhaus hatte, schickte Kamelien, und Innstetten, so knapp bemessen die Zeit für ihn war, fuhr am Nachmittage noch über Land nach Papenhagen, wo drei Scheunen abgebrannt waren.

Es war ganz still im Hause. Christel, beschäftigungslos, hatte sich schläfrig eine Fußbank an den Herd gerückt, und Effi zog sich in ihr Schlafzimmer zurück, wo sie sich, zwischen Spiegel und Sofa, an einen kleinen, eigens zu diesem Zweck zurechtgemachten Schreibtisch setzte, um von

hier aus an die Mama zu schreiben, der sie für Weihnachtsbrief und Weihnachtsgeschenke bis dahin bloß in einer Karte gedankt, sonst aber seit Wochen keine Nachricht gegeben hatte.

»Kessin, 31. Dezember. Meine liebe Mama! Das wird nun wohl ein langer Schreibebrief werden, denn ich habe – die Karte rechnet nicht – lange nichts von mir hören lassen. Als ich das letztemal schrieb, steckte ich noch in den Weihnachtsvorbereitungen, jetzt liegen die Weihnachtstage schon zurück. Innstetten und mein guter Freund Gieshübler hatten alles aufgeboten, mir den Heiligen Abend so angenehm wie möglich zu machen, aber ich fühlte mich doch ein wenig einsam und bangte mich nach Euch. Überhaupt, so viel Ursache ich habe, zu danken und froh und glücklich zu sein, ich kann ein Gefühl des Alleinseins nicht ganz loswerden, und wenn ich mich früher, vielleicht mehr als nötig, über Huldas ewige Gefühlsträne mokiert habe, so werde ich jetzt dafür bestraft und habe selber mit dieser Träne zu kämpfen. Denn Innstetten darf es nicht sehen. Ich bin aber sicher, daß das alles besser werden wird, wenn unser Hausstand sich mehr belebt, und das wird der Fall sein, meine liebe Mama. Was ich neulich andeutete, das ist nun Gewißheit, und Innstetten bezeugt mir täglich seine Freude darüber. Wie glücklich ich selber im Hinblick darauf bin, brauche ich nicht erst zu versichern, schon weil ich dann Leben und Zerstreuung um mich her haben werde oder, wie Geert sich ausdrückt, ein ›liebes Spielzeug‹. Mit diesem Worte wird er wohl recht haben, aber er sollte es lieber nicht gebrauchen, weil es mir immer einen kleinen Stich gibt und mich daran erinnert, wie jung ich bin, und daß ich noch halb in die Kinderstube gehöre. Diese Vorstellung verläßt mich nicht (Geert meint, es sei krankhaft) und bringt es zuwege, daß das, was mein höchstes Glück sein sollte, doch fast noch mehr eine beständige Verlegenheit für mich ist. Ja, meine liebe Mama, als die guten Flemmingschen Damen sich neulich nach allem möglichen erkundigten, war mir zumute, als stünd' ich schlecht vorbereitet in einem Examen, und ich glaube auch, daß ich recht dumm geantwortet habe. Verdrießlich war ich auch. Denn manches, was wie Teilnahme aussieht, ist doch bloß Neugier und wirkt um so zudringlicher, als ich ja noch lange, bis in den Sommer hinein, auf das frohe Ereignis zu warten habe. Ich denke, die ersten Julitage. Dann mußt Du kommen, oder noch besser, sobald ich einigermaßen wieder bei Wege bin, komme *ich*, nehme hier Urlaub und mache mich auf nach Hohen-Cremmen. Ach, wie ich mich darauf freue, und auf die havelländische Luft – hier ist es fast immer rauh und kalt – und dann jeden Tag eine Fahrt ins Luch, alles rot und gelb, und ich sehe schon, wie das Kind die Hände danach streckt, denn es wird doch wohl fühlen, daß es eigentlich da zu Hause ist. Aber das schreibe ich nur *Dir.* Innstetten darf nicht davon wissen, und auch Dir gegenüber muß ich mich wie entschldigen, daß ich mit dem Kinde nach Hohen-Cremmen will und mich heute schon anmelde, statt Dich, meine liebe Mama, dringend und herzlich nach Kessin hin einzuladen, das ja doch jeden Sommer fünfzehnhundert Badegäste hat und Schiffe mit allen möglichen Flaggen und sogar ein Dünenhotel. Aber daß ich so wenig Gastlichkeit zeige, das macht nicht, daß ich ungastlich wäre, so sehr bin ich nicht aus der Art geschlagen, das macht einfach unser landrätliches Haus, das, so viel Hübsches und Apartes es hat, doch eigentlich gar kein richtiges Haus ist, sondern nur eine Wohnung für zwei Menschen, und auch das kaum, denn wir haben nicht einmal ein Eßzimmer, was doch genant ist, wenn ein paar Personen zu Besuch sich einstellen. Wir haben freilich noch Räumlichkeiten im ersten Stock, einen großen Saal und vier kleine Zimmer, aber sie haben alle etwas wenig Einladendes, und ich würde sie Rumpelkammer nennen, wenn sich etwas

Gerümpel darin vorfände; sie sind aber ganz leer, ein paar Binsenstühle abgerechnet, und machen, das mindeste zu sagen, einen sehr sonderbaren Eindruck. Nun wirst Du wohl meinen, das alles sei ja leicht zu ändern. Aber es ist nicht zu ändern; denn das Haus, das wir bewohnen, ist … ist ein Spukhaus; da ist es heraus. Ich beschwöre Dich übrigens, mir auf diese meine Mitteilung nicht zu antworten, denn ich zeige Innstetten immer Eure Briefe, und er wäre außer sich, wenn er erführe, daß ich Dir das geschrieben. Ich hätte es auch nicht getan, und zwar um so weniger, als ich seit vielen Wochen in Ruhe geblieben bin und aufgehört habe, mich zu ängstigen; aber Johanna sagt mir, es käme immer mal wieder, namentlich wenn wer Neues im Hause erschiene. Und ich kann Dich doch einer solchen Gefahr oder, wenn das zu viel gesagt ist, einer solchen eigentümlichen und unbequemen Störung nicht aussetzen! Mit der Sache selber will ich Dich heute nicht behelligen, jedenfalls nicht ausführlich. Es ist eine Geschichte von einem alten Kapitän, einem sogenannten Chinafahrer, und seiner Enkelin, die mit einem hiesigen jungen Kapitän eine kurze Zeit verlobt war und an ihrem Hochzeitstage plötzlich verschwand. Das möchte hingehen. Aber was wichtiger ist, ein junger Chinese, den ihr Vater aus China mit zurückgebracht hatte und der erst der Diener und dann der Freund des Alten war, der starb kurze Zeit danach und ist an einer einsamen Stelle neben dem Kirchhof begraben worden. Ich bin neulich da vorübergefahren, wandte mich aber rasch ab und sah nach der andern Seite, weil ich glaube, ich hätte ihn sonst auf dem Grabe sitzen sehen. Denn ach, meine liebe Mama, ich habe ihn einmal wirklich gesehen, oder es ist mir wenigstens so vorgekommen, als ich fest schlief und Innstetten auf Besuch beim Fürsten war. Es war schrecklich; ich möchte so was nicht wieder erleben. Und in ein solches Haus, so hübsch es sonst ist (es ist sonderbarerweise gemütlich und unheimlich zugleich), kann ich Dich doch nicht gut einladen. Und Innstetten, trotzdem ich ihm schließlich in vielen Stücken zustimmte, hat sich dabei, soviel möcht' ich sagen dürfen, auch nicht ganz richtig benommen. Er verlangte von mir, ich solle das alles als Alten-Weiberunsinn ansehn und darüber lachen, aber mit einemmal schien er doch auch wieder selber daran zu glauben und stellte mir zugleich die sonderbare Zumutung, einen solchen Hausspuk als etwas Vornehmes und Altadliges anzusehen. Das kann ich aber nicht und will es auch nicht. Er ist in diesem Punkte, so gütig er sonst ist, nicht gütig und nachsichtig genug gegen mich. Denn daß es etwas damit ist, das weiß ich von Johanna und weiß es auch von unserer Frau Kruse. Das ist nämlich unsere Kutscherfrau, die mit einem schwarzen Huhn beständig in einer überheizten Stube sitzt. Dies allein schon ist ängstlich genug. Und nun weißt Du, warum *ich* kommen will, wenn es erst soweit ist. Ach, wäre es nur erst soweit. Es sind so viele Gründe, warum ich es wünsche. Heute abend haben wir Silvesterball, und Gieshübler – der einzig nette Mensch hier, trotzdem er eine hohe Schulter hat, oder eigentlich schon etwas mehr–, Gieshübler hat mir Kamelien geschickt. Ich werde doch vielleicht tanzen. Unser Arzt sagt, es würde mir nichts schaden, im Gegenteil. Und Innstetten, was mich fast überraschte, hat auch eingewilligt. Und nun grüße und küsse Papa und all die andern Lieben. Glückauf zum neuen Jahr.

Deine Effi.«

»Ich kann nun wieder leben«, hatte Grete gesagt, und wirklich, das Leben wurd' ihr leichter seitdem. Ein beinah freudiger Trotz, dem sie sich, auch wenn sie gehorchte, hingeben konnte, half ihr über alle Kränkungen hinweg. Sie gehorchte ja nur noch, weil sie gehorchen wollte. Wollte sie *nicht* mehr, so konnte sie, wie sie zu Valtin gesagt hatte, jeden Tag »dem Spiel ein Ende machen«. Und wirklich, ein Spiel war es nur noch, oder sie wusst' es doch in diesem Lichte zu sehen. Das gab ihr eine wunderbare Kraft, und wenn sie dann spät abends in ihre Giebelstube hinaufstieg, die sie, seit das Kind unten aus der ersten Pflege war, wieder mit Reginen bewohnte, so gelang es ihr, mit dieser zu lachen und zu scherzen. Und wenn es dann hieß: »aber nun schlafe, Gret'«, dann wickelte sie sich freilich in ihre Decken und schwieg, aber nur, um sich in wachen Träumen eine Welt der Freiheit und des Glückes aufzubauen. Dabei sah sie sich am liebsten am Bug oder Steuer eines Schiffes stehen, und der Seewind ging, und es war Nachtzeit, und die Sterne funkelten. Und sie sah dann hinauf, und alles war groß und weit und frei.

Und zuletzt überkam es sie wie Frieden inmitten aller Sehnsucht, ihr Trotz wurde Demut, und an Stelle des bösen Engels, der ihren Tag beherrscht hatte, saß nun ihr guter Engel an ihrem Bett. Und wenn sie dann andren Tags erwachte und hinuntersah auf den Garten und den Pfau auf seiner Stange kreischen hörte, dann fragte sie sich: »Bist du noch du selbst? Bist du noch unglücklich?« Und mitunter wusste sie's kaum. Aber freilich, auch andere Tage kamen, wo sie's wusste, nur allzu gut, und wo weder ihr guter noch ihr böser Engel, weder ihre Demut noch ihr Trotz sie vor einem immer bitterer und leidenschaftlicher aufgärenden Groll zu schützen wusste.

Ein solcher Tag, und der bittersten einer, war der Weihnachtstag, an dem auch diesmal ein Christbaum angezündet wurde. Aber nicht für Grete. Grete war ja groß, nein, nur für das Kleine, das denn auch nach den Lichtern haschte und vor allem nach dem Goldschaum, der reichlich in den Zweigen glitzerte. »'s ist Gerdts Kind«, sagte Grete, der ihres Bruders Geiz und Habsucht immer ein Abscheu war; und sie wandte sich ihren eigenen Geschenken zu. Es waren ihrer nicht allzu viele: Lebkuchen und Äpfel und Nüsse samt einem dicken Spangen-Gesangbuch (trotzdem sie schon zwei dergleichen hatte), auf dessen Titelblatt in großen Buchstaben und von Truds eigener Hand geschrieben war: Sprüche Salomonis, Kap. 16, Vers 18.

Sie kannte den Vers nicht, wusste aber, dass er ihr nichts Gutes bedeuten könne, und sobald sichs gab, war sie treppauf, um in der großen Bibel nachzuschlagen. Und nun las sie: »Wer zugrunde gehen soll, der wird stolz, und stolzer Mut kommt vor dem Fall.«

Es schien nicht, dass sie verwirrt oder irgendwie betroffen war, sie strich nur, schnell entschlossen, die von Trud eingeschriebene Zeile mit einer dikken Feder durch, blätterte hastig in dem Alten Testamente weiter, als ob sie nach einer bekannten, aber ihrem Gedächtnis wieder halb entfallenen Stelle suche, und schrieb dann ihrerseits die Prophetenstelle darunter, die des alten Jakob Minde letzte Mahnung an Trud enthalten hatte: »Lasse die Waisen Gnade bei dir finden.« Und nun flog sie wieder treppab und legte das Buch an seinen alten Platz. Trud aber hatte wohl bemerkt, was um sie her vorgegangen, und als sie mit Gerdt allein im Zimmer war, sah sie nach und sagte, während sie sich verfärbte: »Sieh und lies!« Und er nahm nun selber das Buch und las und lachte vor sich hin, wie wenn er sich ihrer Niederlage freue. Denn seine hämische Natur kannte nichts Lieb'res als den Ärger andrer Leute, seine Frau nicht ausgenommen. Zwischen dieser aber und Greten unterblieb jedes Wort, und als der Fasching kam, den die Stadt diesmal ausnahmsweise prächtig mit Aufzügen und allerlei Mummenschanz feierte, schien der Zwischenfall vergessen. Und auch um Ostern, als sich alles zu dem herkömmlichen großen Kirchgang rüstete, hütete sich Trud wohl, nach dem Buche zu fragen. Wusste sie doch, dass es Gret' unter dem Weißzeug ihrer Truhe versteckt hatte. Denn sie mocht' es nicht sehen.

In dieser Richtung gingen von Stund an Hugos Gedanken, und als er eine Woche vor Weihnachten wieder in sein eignes Zimmer hinüberquartiert wurde, was der alten Möhring, die nicht über den Tag hinaus zu rechnen verstand, eine gewisse Genugtuung verursachte, stand es bei Hugo fest, daß Thilde die Frau sei, die für ihn passe. So gewiß er sich für einen ästhetisch fühlenden und mit einer latenten Dichterkraft ausgerüsteten Menschen hielt, so war er im Leben selbst doch von großer Bescheidenheit, beinah demütig, und hatte kein rechtes Vertraun zu seinem Wissen und Können. »Ich bin ein unnützer Brotesser«, hatte er zu Rybinski gesagt, der ihn lachend mit der Versicherung getröstet hatte, »dann gerade schmeckt es am besten«, was Hugo mit einer gewissen Wehmut akzeptiert hatte. Seine Beurteilung seiner selbst war richtig, und weil sie richtig war, war auch das richtig, daß Thilde für ihn passe. Sie hatte grade das, was ihm fehlte, war quick, findig, praktisch. Er wollte sich noch vor Weihnachten ihres Jaworts versichern. Daß ihm dies Ja nicht versagt werden würde, davon hielt er sich überzeugt, denn schließlich war er doch immer ein Burgemeisterssohn mit Vollbart, während Thilde, soviel sah er wohl, auf Geburtsstolz verzichten mußte. »Fräulein Thilde«, sagte er, als sie gleich am ersten Abend seiner Wiederumquartierung ihm den Tee brachte mit geschnittenem Schinken, »Fräulein Thilde, Sie sind sich immer gleich in Ihrer Güte gegen mich, und weil Sie glauben, es würde mir alles noch schwer, so haben Sie auch den Schinken schon geschnitten. Sie haben mich gepflegt und verwöhnt und haben mir all die Wochen über erst gezeigt, wie glücklich man im Leben sein kann. Eine liebevolle Hand ist das, was man im Leben am meisten braucht. Aber setzen Sie das Teezeug erst hin ... Und nun geben Sie mir Ihre liebe kleine Hand, denn es ist eine kleine Hand, und treten Sie mit mir ans Fenster und sehen Sie mit mir auf das Bild da, das Gewölk, das am Monde vorüberzieht und sich wieder aufhellt im Vorüberziehn. Es ließe sich vielleicht ausdeuten, aber auch ohne das, ich frage Sie, ob ich Ihre kleine Hand, denn es ist eine kleine Hand, auch noch weiter halten darf, lange noch, ein Leben lang.«

Sie gab nicht unmittelbar Antwort und beschäftigte sich vielmehr damit, das Rouleau herunterzulassen. Dann nahm sie seinen Arm, führte ihn vom Fenster her bis an das hochlehnige Sofa zurück und sagte, während sie sich, mit aufgestemmten Händen und das Teezeug zwischen ihnen, auf die andre Seite des Tisches stellte: »Sie sind noch so angegriffen. Ich höre es an Ihrer Stimme, darin noch die Krankheit zittert, und daß Sie gerade den Mond in unser Gespräch gezogen haben. Ach, Herr Großmann, der Mond ist nichts für Sie; Sie brauchen Sonne ... Das gibt mehr Kraft.«

»Das mag schon sein. Aber das ist keine Antwort, Fräulein Thilde. Sie sollen mir ja oder nein sagen.«

»Nun denn ja, trotzdem es noch lange dauern wird, eine lange Verlobung.«

»Auf dem alten Wege, ja. Aber es gibt auch neue Wege.«

»Rybinski-Wege?«

Hugo schwieg, weil sie seine Gedanken erraten hatte. »Nein, Hugo, nichts davon. Dann nehme ich mein Ja zurück. Ich will nicht in der Welt herumziehn und dir die Königsmäntel anziehn. Ich bin fürs Ernste, für hergebrachte Formen und auch für Religion. Und wenn es noch dazu kommt, so komm mir nicht mit Standesamt. Alles, mein ich, muß seinen Schick haben. Ich rechne darauf, daß du mir durch Arbeit den Beweis deiner Liebe

gibst. Erst das Examen. Das andre findet sich. Da will ich schon sorgen. Aber nu komm, daß wir's Muttern sagen. Oder nein, heute lieber nicht; du bist noch nicht fest auf den Füßen. Ich werd es ihr selber sagen, heut abend im Bett. Und morgen früh kommst du dann. Ob sie sich freut, weiß ich nicht. Aber ja wird sie schon sagen.«

Sie stellte die kleine Teekanne vor ihn hin und was sonst noch auf dem Teebrett stand. Als sie alles geordnet und die Decke gradegezupft hatte, nahm sie das Tablett unter den linken Arm und gab ihm einen Kuß auf die Stirn.

Er wollte sie, vielleicht in unklarer Vorstellung von Bräutigamsrecht und -pflicht, festhalten und einen Sturm auf ihre schmalen Lippen versuchen.

Aber sie entwand sich ihm. An der Tür legte sie den Zeigefinger an die Lippen und grüßte zurück.

»Alles an ihr ist so mädchenhaft«, sagte Hugo.

Das geplante Bettgespräch hatte stattgefunden und war unter Vermeidung aller Umschweife mit dem Satze begonnen worden: »Mutter, weißt du was?«

»Nu was denn, Thilde?«

»Ich habe mich mit ihm verlobt.«

Die Alte richtete sich auf wie ein Gespenst, sah Thilden an und sagte dann: »O Gott, was soll nu aus mir werden?«

»Gar nichts, Mutter. Du bleibst, was du bist, und ein Esser ist weniger. Und wenn du was brauchst, dann schick ich es dir.«

»Ja, kann er denn? Hat er denn was?«

»Noch nich, Mutter. Aber wenn ich ihn bloß erst habe, das heißt richtig verlobt vor Gott und Menschen, da wird es schon werden. Er sieht ja doch aus wie auf der Kanzel, und so einer kommt immer an. Ich werd ihn schon anbringen.«

»Und wirklich verlobt? Und nich bloß so gesagt? und nachher sitzt du da, wie so ganz, ganz arme und unglückliche Mädchen dasitzen ...«

»Ich weiß nicht, was das immer soll, Mutter.

Vater hat gesagt: ›Thilde, halte dich propper.‹ Und hab ich nich? Und nu kommst du immer mit solchen Geschichten, so hintenrum, daß man nicht recht sagen kann, was du meinst. Aber ich weiß es schon. Und ich sage dir, ich bin nich so dumm. Er wollte mir einen Kuß geben und war so stürmisch, weil er noch krank ist. Aber ich habe ihn in seine Schranken zurückgewiesen.«

»Das ist recht, Thildechen. Und wann denkst du denn, daß es ins Blatt kommt? Oder soll es ganz still und verborgen sein? Es ist doch immer besser, andre wissen es auch; dann geniert er sich mehr, wenn er sich vielleicht anders besinnt.«

»Ach, anders besinnt. Er darf sich nicht anders besinnen, und er wird auch nicht, und er will auch nicht. Er wird nu morgen früh bei dir anfragen, und da mußt du was Gutes sagen und nich so klein und ängstlich. Und er muß sehn, daß wir nicht auf ihn gewartet haben.«

»Ja, da hast du recht; aber was soll ich sagen? Du mußt mir was zurechtmachen, was paßt.«

»Das geht nicht, Mutter. Dann verschnappst du dich und sagst es an der unrechten Stelle.«

»Ja, das is möglich. Na, denn werd ich bloß sagen: ›Gott sei mit euch.‹«

»Das ist gut. Aber du darfst ihn nich gleich ›du‹

nennen. ›Du‹ kommt erst, wenn es dringestanden hat und wir richtige Verlobung gefeiert haben. Ich denke so Heiligabend. Unterm Christbaum, das hab ich mir immer gewünscht. Das hat dann so seinen Schick und auch so 'n bißchen wie kirchliche Handlung. Und is schon so 'n Vorgeschmack. Das heißt, ich meine von der Trauung. Denn bei dir muß man sich immer vorsichtig ausdrücken. Du denkst gleich …«

Das gesellschaftliche Leben ruhte während dieser Spätherbsttage, man erholte sich von den Strapazen der Sommer-Saison und stärkte sich für die Wintergesellschaften. Aber ehe diese kamen, war noch ein mehrwöchentliches Interregnum durchzumachen, die Schlacht- und Backzeit, die letztere schon mit der Weihnachtszeit zusammenfallend.

Mit dem Gänseschlachten fing es an. Eine reguläre Wirthschaftsführung ohne Gänseschlachten konnte nicht wohl gedacht werden. Es handelte sich dabei um mancherlei, zunächst wohl um die Federn zur Herstellung immer neuer Fremdenbetten, vor allem aber auch um die geräucherten Gänsebrüste, die fast so wichtig waren, wie die Schinken und Speckseiten im Rauchfang. Waren, kurz vor Martini, die Gänse zu diesem Zweck in genügender Zahl herangetrieben und auf dem Hofe, wo nun ein entsetzliches Schnattern uns eine Woche lang um unsere Nachtruhe brachte, zu letzter Auffütterung eingepfercht, so wurde auch schon der Tag zu Beginn der Festlichkeit festgesetzt. Meist Mitte November. Auf dem Hofe, hart an die Giebelwand des Hauses sich lehnend, befand sich, wie schon erzählt (und zwar sonderbarerweise mit einem Taubenschlage darüber) die Gesindestube, darin, außer der Köchin, noch zwei Hausmädchen schliefen. Immer vorausgesetzt, daß sie schliefen. Der Kutscher – an Stelle des alten Ehm war längst eine jugendliche Kraft getreten – sah sich, der Hausordnung nach, zunächst freilich auf die Häckselkammer neben dem Pferdestall angewiesen, er verzichtete jedoch gern auf die Selbständigkeit dieses ihm zuständigen Aufenthalts und zog es vor, den ohnehin engen Raum der Gesindestube durch seine Gegenwart noch enger zu machen. Alles nach dem Satze: »Raum ist in der kleinsten Hütte etc.« War nun aber die Gänseschlachtzeit heran gekommen, so bedeutete das eine weitere, sehr erheblich gesteigerte Raumbeschränkung, denn am selbigen Abend, an dem das Massacriren beginnen sollte, stellte sich zu dem, was für gewöhnlich die Gesindestube beherbergte, auch noch ein Aufgebot alter Weiber ein, vier oder fünf, die sonst als Wasch- oder auch wohl als Jätefrauen ihr Dasein fristeten. Und nun begann das Opferfest. Immer spät Abends. Durch die weit offenstehende Thür, geöffnet weil es sonst vor Stickluft nicht auszuhalten gewesen wäre, schienen die Sterne in den verqualmten und durch ein Talglicht kümmerlich erleuchteten Raum hinein. An dem Talglicht immer ein Dieb. Nächst der Thür aber, in einem Halbkreise, standen die fünf Schlachtpriesterinnen, jede mit einer Gans zwischen den Knien, und sangen, während sie mit einem spitzen Küchenmesser die Schädeldecke des armen Thieres durchbohrten (eine Prozedur, deren Nothwendigkeit mir nie klar geworden ist), allerlei Volkslieder, deren Text in einem merkwürdigen Gegensatz sowohl zu dem mörderischen Akt wie zu der Trauermelodie stand. So wenigstens mußte man annehmen, denn die Mädchen, die, den Gast aus der Häckselkammer zwischen sich, auf der Bettkante saßen, begleiteten die Volkslieder mit unendlichem Vergnügen, ja, die besonders traurigen Stellen sogar mit Juchzern. Meine beiden Eltern waren sittenstreng und es war oft die Rede davon, ob diesem frechen Treiben nicht Einhalt zu thun sei: schließlich aber hatte man den Kampf dagegen aufgegeben und mein Vater, dem es schwante, daß dergleichen schon im Altertume vorgekommen sei, sagte, nachdem er nachgeschlagen: »Es ist eine Wiederholung alter Zustände, römische Saturnalien, oder was dasselbe sagen will, momentane Herrschaft der Dienenden über die sogenannte Herrschaft.« Und als er so den Hergang historisch rubrizirt hatte, gab er sich zufrieden, um so mehr als die Mädchen am andern Morgen ihn jedesmal durch einen ganz besonders sittigen Augenniederschlag erheiterten. Er stellte dann phantastisch ausschweifende Betrachtungen an, als ob Gil Blas seine Lieblingslektüre gewesen wäre. Das war aber nicht der Fall, er las vielmehr nur Walter Scott, was ich ihm heute noch danke, denn einige Bröckelchen fielen schon damals für mich ab. Quentin Durward zog er Allem vor, vielleicht weil es ein französischer Stoff war. Ich habe hier übrigens noch hinzuzufügen, daß die Schrecknisse dieser Gänseschlacht-Epoche mit der eigentlichen Schlachtnacht und den Trauermelodien keineswegs abgethan waren, sondern sich, durch mindestens eine halbe Woche hin, noch weiter fortsetzten. Diese Schlachtzeit war nämlich zugleich auch die Zeit, wo das aus Gänseblut zubereitete »Schwarzsauer« tagtäglich auf unseren Tisch kam, ein Gericht, das, nach pommerscher Anschauung, alles Andre aus dem Felde schlägt. Auch mein Vater hielt es für seine Pflicht, sich dieser landesthümlichen Anschauung anzuschließen und sagte, wenn die dampfende Riesenschüssel erschien: »Ah, das ist recht; davon eßt nur, das ist die schwarze Suppe der Spartaner; alles Saft und Kraft,« er selber aber suchte sich, gerade so wie wir, das Backobst und die Mandelklöße heraus und überließ die Kraftbrühe der Gesindeschaft draußen und vor allem den Schlacht- und Klageweibern,

die sich durch ihre Bohrversuche den gegründetsten Anspruch darauf erworben hatten.

Etwa 14 Tage später folgte dann das Schweineschlachten. Meine Stellung dazu war noch genau dieselbe, wie zu der Zeit, wo ich, kaum 7jährig, aus der Stadt hinaus auf Alt-Ruppin geflohen war, um sowohl dem Anblick, wie der ganzen Skala ohr- und herzzerreißender Töne zu entgehen; aber ich war doch inzwischen aus den Kinderjahren in die Jungensjahre hinein gewachsen, wo man wohl oder übel seine Ehre darin setzt, Alles mannhaft mit durchzumachen, auch wenn sich die eigenste Natur dagegen auflehnt. Daß die Aussicht auf »Reiswurst mit Rosinen« bei Durchführung dieser Tapferkeitskomödie mitgewirkt hätte, kann ich nicht sagen, denn so sehr ich sonst für gute Bissen war, so war ich doch in den der Weihnachtszeit voraufgehenden Wochen immer halb krank von dem unausgesetzt das Haus durchziehenden Fettwrasen. Jedenfalls konnte von gutem Appetit um eben diese Zeit (trotzdem sich's da gerade verlohnt hätte) nie recht die Rede sein, besonders dann nicht, wenn, um Anfang Dezember, wie fast regelmäßig geschah, auch noch ein Hirsch von der Oberförsterei her eingeliefert war, der nun – aufgebrochen wie man ein Rind aufbricht – an die

Giebelwand des Gesindehauses gehängt wurde. Tag um Tag trat dann die Köchin an das schreckliche Giebelornament heran und schälte erst das Ziemer und dann die Vorder- und Hinterschlägel heraus, so daß wir immer aufathmeten, wenn es mit dieser Wildherrlichkeit wieder vorbei war.

Unter einem glücklicheren Stern stand die Backwoche, wo mit Pfeffer- und Zuckernüssen begonnen und mit Brezeln, Kranz- und Blechkuchen aufgehört wurde. Wir durften nicht nur mit in die Backstube hinein, darin es, überaus anheimelnd, nach bitteren Mandeln und geriebener Citrone roch, sondern erhielten auch, als Weihnachtsvorschmack eigens für uns Kinder gebackene kleine Wecken, alles reichlich zugemessen. »Ich weiß,« sagte meine Mutter, »daß sie sich den Magen daran verderben, aber das ist besser, wie wenn sie knapp gehalten werden. Sie sollen, all diese Zeit über, eine Festfreude haben und die bringt ihnen ein Festkuchen am besten bei.« Es hat was für sich und bei ganz robusten Kindern mag es das unbedingt Richtige sein. Aber so robust waren wir doch nicht, daß es für uns so ohne Weiteres gepaßt hätte. Mir war denn auch, um Weihnachten herum, immer sehr weinerlich zumute.

Es war dies eine zwischen dem Mädchen und dem Fräulein jeden dritten Tag wiederkehrende Meinungsverschiedenheit, und Friederike, die vollkommene Redefreiheit hatte, würde auch heute nicht geschwiegen und ihren alten Satz, »daß man es mit den Kellerleuten nicht verderben dürfe«, tapfer verteidigt haben, wenn es nicht in diesem Augenblick draußen geklopft hätte. »Der Briefträger«, riefen alle drei Schwestern, und gleich danach erschien auch Friederike wieder im Zimmer und brachte die Postsachen: ein Zeitungsblatt unter Kreuzband, eine Holz- und Torfanzeige und einen richtigen Brief. Die Holz- und Torfanzeige flog gleich aufs Ofenblech, das an Sophie adressierte Zeitungsblatt, das wahrscheinlich eine Rezension einiger ihrer eben ausgestellten Aquarellbilder enthielt, wurde beiseite geschoben, und nur der Brief erregte allgemeine Freude. »Von Leo!« riefen die Schwestern und reichten den Brief der Mutter. Diese gab ihn aber an Therese zurück und sagte: »Lies du, Therese. Ein so guter Junge. Aber ich kriege immer einen Schreck. Immer will er was. Und nun ist eben erst Weihnachten gewesen und Neujahr und die Miete ...«

»Ach, Mutter, du ängstigst dich immer gleich so. Man sieht doch, daß du keine Soldatentochter bist.«

»Nein, bin ich nicht. Und ist auch recht gut so. Wer sollte sonst das bißchen zusammenhalten?«

»Wir.«

»Ach, ihr ...! Aber nun lies, Therese. Mir schlägt ordentlich das Herz.«

»... Liebe Mama! Weihnachten war es nichts. Urlaub hätte mir das Regiment vielleicht gegeben, aber das Reisegeld! Sie reden immer soviel jetzt von billigen Fahrpreisen, aber ich finde sie viel zu hoch, ganz unnatürlich hoch. Und da Wendelin auch sagte, ›'s geht nich, Leo‹, so ging es nicht, und ich habe unten bei Schlächtermeister Funke, meinem Wirte, wie Ihr wißt, die Weihnachtsbescherung mit angesehen. Alles war sehr gerührt, auch Funke. Man sollte es nicht für möglich halten. Denn gerade in der Weihnachtszeit wurde immer geschlachtet, und ich konnte das Gequietsche der armen Biester mitunter gar nicht mehr mit anhören, und Funke immer in Person dabei. Und nun doch gerührt. Übrigens war die frische Wurst und besonders der Preßkopf ganz vorzüglich. In bezug auf Verpflegung bleibt hier in Thorn überhaupt nichts zu wünschen übrig, nur der Geist darbt, und das Herz darbt. Überhaupt scheint darben mein Los. Ach, Mutter, warum bist du keine geborene Bleichröder ...?«

»Empörend«, unterbrach hier Therese ihre Vorlesung. »Wir haben schon Manon mit ihren ewigen Bartensteins, und nun fängt Leo auch noch an.«

»Daß wir Bartensteins haben, ist ganz gut. Lies lieber weiter.«

»... Also Heiligabend war es nichts. Indessen das Jahr hat auch noch andre große Tage. Der

größte aber ist der 4. Januar, wo meine gute Alte, geborene Pütter, geboren wurde. Dieser Tag ist übermorgen, und ich werde gestiefelt und gespornt antreten, um meine Glückwünsche persönlich überbringen zu können.«

»Nicht zu glauben. Weihnachten kein Geld, und zwei Tage nach Neujahr, wo doch die vielen Rechnungen kommen, will er die teure Reise machen.«

»Es wird sich ja wohl alles aufklären, Mama«, sagte Manon. »Und mutmaßlich noch in diesem Briefe. Höre nur weiter.«

»... Es geschehen nämlich immer noch Zeichen und Wunder, und mitunter ist es mir, als ob der Unglauben und alle solche häßlichen Zeiterscheinungen abgewirtschaftet hätten. Auch der Adel kommt wieder obenauf, und ganz zuoberst der arme Adel, das heißt also die Poggenpuhls. Denn daß wir diesen in einer Art von Vollendung, oder sag ich Reinkultur, darstellen, darüber kann kein Zweifel sein. Aber zur Sache, wie die Parlamentarier sagen. Und so vernimm denn, am Silvesterabend noch ein Bettler (allerdings ein glücklicher, denn wir brachten es im Kasino auf sieben Bowlen in Großformat) und am 1. Januar früh ein Gott, ein Krösus. Krösus ist nämlich immer das Höchste, was man auch Klimax nennt. Schon um zehn klopft es, ich reiße mich aus meinem Morgentraum und empfinde einen gewissen bleiernen Zustand, aber nicht auf lange. Denn wer stand vor mir? Oktavio? Nein, nicht Oktavio. Wir wollen ihn heute lieber Wendelin nennen. Und was er sagte, war das Folgende: ›Leo‹, sagte er, ›du hast Glück. Geldschiff angekommen.‹

›Für mich?‹ frag ich.

›Nein, für dich nicht, wenigstens nicht unmittelbar. Aber doch für mich. Das Militärwochenblatt hat mir heute früh das Honorar geschickt.‹

›Viel?‹ unterbrach ich ihn wieder in höchster Erregung.

›Das Militärwochenblatt schickt immer viel‹, antwortete er ruhig und legte dabei drei Zwanzigmarkscheine vor mich hin. Ich, geblendet, als ob es nicht Scheine, sondern das reine pure Gold wäre, will mich blindlings und dankbar auf ihn losstürzen, aber er wehrt mich vornehm ab und sagt nur: ›Alles deine, Leo; aber nicht zum Verkneipen. Übermorgen früh reist du nach Berlin.‹«

»Der gute Wendelin! Er schickt ihn dir, weil er weiß, daß er dein Liebling ist«, unterbrach hier Manon und streichelte der Mama die Hände. Therese aber las weiter: »... ›Vier Uhr nachmittags bist du da, benimmst dich nett und hilfst am andern Morgen den Geburtstag mitfeiern. Nach Kaisers Geburtstag kommt Mamas Geburtstag. Das ist Poggenpuhlscher Katechismus. Und nun zieh dich an und geh eine Stunde spazieren. Denn du stehst da wie Silvester in seiner letzten Stunde.‹ Unter diesen Worten verließ er mich wie ein Fürst. Und ich werde tun, wie er befohlen hat, und Dienstag nachmittag bei Euch eintreffen. Vier Uhr. Tout à vous ma Reine-mère. Dein glücklicher, verdrehter, wohlaffektionierter Leo I.«

Die beiden jüngeren Schwestern klatschten in die Hände, ja, selbst Therese, soviel sie an diesem Übermut auszusetzen hatte, freute sich des Besuchs. Nur die Mutter sagte: »Ja, da soll ich mich nun freuen. Aber kann ich mich freuen? Herkommen wird er ja wohl gerade mit dem Geld, aber wenn er hier ist, müssen wir ihm doch ein paar gute Tage machen, und wenn er auch bescheiden in seinen Ansprüchen ist, so muß er doch den dritten Tag wieder zurück, und dafür müssen wir aufkommen.«

»Sprich doch nicht immer davon«, sagte Therese.

»Ja, Therese, du denkst immer, ein Livreediener wird dir eine Kassette bringen mit der Aufschrift ›Dem tapferen Hause Poggenpuhl‹, aber das sind alles Märchengeschichten, und der Mann am Schalter, der die Fahrkarten verkauft, ist eine unerbittliche Wirklichkeit.«

»Ach, Mama«, sagte Sophie, »damit mußt du dir die Vorfreude nicht verderben. Es geschehen noch Zeichen und Wunder, so hat er geschrieben, und wenn sie nicht geschehen, so laß ich mir auf meine letzten Bilder einen Vorschuß geben, und wenn auch das nicht geht, so…«

»Nun, so haben wir immer noch die Zuckerdose«, warf Manon ein.

»Ja, die soll jedesmal aushelfen. Aber mit einemmal ist sie doch weg.«

»Was schließlich auch nichts täte«, fuhr Manon beschwichtigend fort. »Dann schenken uns Bartensteins eine neue; Frau Bartenstein sagte mir noch neulich: ›Liebe Manon, haben Sie denn gar keinen Wunsch?‹ Ja, Mama, so liegt es, Gott sei Dank, und ich bin nur traurig, daß ich heute abend, wenn Leo kaum angekommen ist, auf die Polterabendprobe muß. Aber am Ende könnt ich ihn mitnehmen. Ich habe schon lange meine Gedanken darüber und möchte mich verwetten, daß Flora sich aufrichtig freuen würde.«

»Du vergißt immer, daß er des Königs Rock trägt.«

»Ach, Therese, das ist ja kleinlich und altmodisch und ganz überholt. Unser Kronprinz ist Kronprinz und trägt auch des Königs Rock, und wenn er noch nicht bei Bartensteins war, so war er doch woanders. Aber ebenso.«

»Nun, wir werden ja sehen«, sagte Therese, die zwar kritisch zu den Bartensteins stand, aber schließlich auch froh war, daß sie existierten.

## »WEIHNACHTSWANDERUNG«

Mit dem ersten Maienschein, an grünen Saaten vorbei, hofft' ich den Ausflug unternehmen und nach »manch verborgenem Schatz« ausschauen zu können. Aber es war anders beschlossen und aus einer Wanderung bei Finkenschlag und Apfelblüte wurd' eine Wanderung bei Nordwest und Schneegestöber: eine *Weihnachtswanderung.*

*

Eine Wanderung nach Malchow, so kurz sie ist, gliedert sich nichtsdestoweniger in drei streng geschiedene Teile: *Omnibusfahrt* bis auf den Alexanderplatz, *Pferdebahn* bis Weißensee, und *per pedes apostolorum* bis nach Malchow selbst. Und so vollzog es sich auch. Auf dem Alexanderplatz regierten bereits die fliegenden Söhlkes mit dem »Schäfchen« und dem »Schaukelmann«, dessen Birnen sich noch gerade so gelb und rot gesprenkelt zeigten wie vor fünfzig Jahren in den Tagen meiner eigenen Kindheit; in dem Pferdebahnwagen aber in den ich einstieg, war es als wäre der Weihnachtsmann mit oder vor mir eingestiegen und gedenke seinen Einzug in Weißensee zu halten. Alle Plätze voller Kinder mit ihren Schulmappen auf dem Rücken, und hinten und vorn im Wagen, und vor allem obenauf, ganze Büsche von Weihnachtsbäumen. Das war das Vergnügen an der Fahrt, viel vergnüglicher als die Vergnügungslokale, die mit ihren grasgrünen Staketenzäunen halbverschneit am Wege lagen.

Endlich hielten wir am Ende des Dorfes und der Umspannungsmoment war nun für mich da: Schusters Rappen mußt' aus dem Stall. Er war's auch zufrieden, und willig und guter Dinge zog ich »fürbaß«, unangefochten von der Öde der Landschaft. Aus den Schneemassen, die die Felder zu beiden Seiten deckten, wuchsen nur ein paar vertrocknete Grashalme auf und zitterten im Winde, während die Chausseepappeln wie nach oben gekehrte Riesenbesen dastanden. Aber so trist und öde die Landschaft war, so voller Leben war die große Straße darauf ich ging, denn in langer Reihe folgten sich die Gespanne, die von den benachbarten Seen her hochaufgetürmte Eismassen zur Stadt fuhren.

»Nach Malchow?« fragt' ich, um mich des Weges zu vergewissern.

»Joa; 't nächste Dörp.«

Und in der Tat, nicht lange so wurd auch der

kurze Laternenturm zwischen den Pappelweiden sichtbar und unter einem Schlagbaume fort, der hier noch aus den Tagen der Hebestellen her sein Dasein fristete, hielt ich meinen Einzug.

»Wo wohnt der Lehrer?«

Ein junges Frauenzimmer, an das ich die Frage gerichtet hatte, trat mit einer für märkische Verhältnisse bemerkenswerten Raschheit von der Hausschwelle her auf den Damm und sagte: »Da; das rote Haus.«

»Gegenüber der Kirche?«

»Ja.«

Und damit schloß unser Gespräch. Ich dankte für gütigen Bescheid und schritt auf das rote Haus zu, freudig gehoben in meinem Gemüt und wie Ibykus »des Gottes voll«. Nicht gerade von Liedern, aber doch von Hoffnungen und Bildern. Ich sah schon die verfallene Grufttreppe samt den drei Särgen vor mir und las dem alten Minister seine mit ins Grab genommenen Geheimnisse von der Stirn herunter. Entdeckungen schossen auf wie die Knospen nach einem Frühlingsregen.

Und so stand ich vor *maison rouge*.

»Kann ich den Herrn *Kantor* sprechen?«

Ich griff absichtlich nach dieser höheren Titulatur.

Ein Hin- und Herlaufen entstand infolge meiner Frage, zuletzt aber erschien ein kleiner Herr mit intelligenten Augen und milzfarbenem Teint, um nach meinem Begehr zu fragen.

»Es handelt sich für mich« hob ich, den Hut ziehend, mit aller mir zuständigen Artigkeit an »um den Staatsminister von Fuchs. In der Gruft Ihrer Kirche …«

»Ist zugeschüttet.«

Ich war einen Augenblick decontenanciert, mehr noch durch den Ton als durch den Inhalt dieser zwei Donnerworte. Wer aber weiß, daß das Menschenherz nicht gerne von Lieblingsvorstellungen läßt und nach dem Hinschwinden von Dingen und Ereignissen sich schließlich auch mit Betrachtung ihres bloßen *Schauplatzes* zufriedengibt, der wird es begreiflich finden, daß ich nicht ohne weiteres das Feld zu räumen Lust hatte. Konnt' ich nicht die Gruft haben, so wollt' ich wenigstens die Gruft*stelle* haben, und so rekolligiert' ich mich und sagte: »Wie schade. Dann bitt' ich Sie, mir wenigstens die Kirche zeigen zu wollen.«

»Ich kann nur wiederholen«, klang es jetzt unter immer sichtbarer werdenden Zeichen von Ungeduld »daß die Gruft zugeschüttet ist. In der Kirche selbst befindet sich nichts. Ein Besuch würde

mithin ohne Resultat für Sie verlaufen. Auch hab' ich Schule.«

»Sie mißverstehen mich. Es liegt mir fern, Sie persönlich inkommodieren zu wollen. Aber ich komme bei Wind und Wetter von Berlin und bitte Sie deshalb mir durch irgend jemand die Kirchentür aufschließen zu lassen.«

»Durch wen?«

»Vielleicht durch ein Kind oder eine Magd.«

»Hab ich nicht.«

Und nach dieser Schlußbemerkung zog er sich intelligenter und milzfarbener als vorher in seine Schulstube zurück.

Mein *erstes* war ein heißes Dankgefühl dafür, zu keiner Zeit, am wenigsten aber in der jetzigen, auf der Malchower Schulbank gesessen zu haben; mein *zweites:* Haß und Rache. Die ganze Reihe der Schulmeister durchgehend, deren Bekanntschaft ich in Leben oder Dichtung je gemacht hatte, konnt' ich doch keinen finden, der mir – mit alleiniger Ausnahme des *maître d'école* in den »Geheimnissen von Paris« – gleich verabscheuungswürdig erschienen wäre. Ja, meine Neigung zu generalisieren und vom Einzelfall aufs Ganze zu gehen, ließ mich augenblicks wieder die Frage stellen, ob ein solches, aus bloßem verschrobenen

Dünkel hervorgegangenes Benehmen unter andern Völkern überhaupt möglich sei? »Nein«, sagt' ich mir, »unter den Romanen gewiß nicht.« Aber inmitten all meiner Verwünschungen mußt' ich doch plötzlich der Auslassungen eines alle Wechselfälle des Lebens unter die statistisch-philosophische Lupe nehmenden Freundes gedenken, der mir einmal gesagt hatte: »Sehen Sie, Freund, auch in den Zufällen und Unglücksfällen waltet ein Gesetz. So verfolg' ich beispielsweise die Theaterbrände. Alle funfzehn Jahre brennt ein großes Theater ab. Nicht öfter, aber auch nicht weniger oft.« Und nun entsann ich mich des wenigstens für mich kaum minder interessanten und kaum minder wichtigen Punktes, gerade funfzehn Jahre lang immer nur an *freundliche* Schulhäuser angeklopft zu haben. Was war es denn also groß? Der Ausnahmefall war in sein geheimnisvolles Recht getreten; das Gesetz vollzog sich. Die fünfzehn Jahre waren um, und mein »Theaterbrand« war da. Das gab mir die gute Laune wieder, und ich beschloß »in Sachen der Gruft« einfach an die höhere Instanz des Pfarrhauses zu appellieren.

Wenige Schritte führten mich auf den Hof desselben. Ein kleiner braunhaariger, übrigens ebenfalls intelligent aussehender Spitz, der um meine

Stiefelschäfte herumbiß, ließ mich anfänglich in erzitterndem Herzen eine Wiederholung der Schulhausszene fürchten, aber kaum daß ich an dem kleinen, seiner dienstlichen Pflicht etwas zu streng obliegenden Wachtposten vorüber war, als mich auch schon das selten täuschende Gefühl durchdrang, in einen guten und sichern Hafen eingelaufen zu sein. Der Pfarrflur, des nahen Festes halber, war in eine große Plättkammer umgewandelt worden, in der eben die Bügeleisen über breite Gardinenflächen geschäftig hin und her gingen und den Raum mit einem warmen Wrasen füllten. Alles wirtschaftlich und wohltuend, vor allem auch die Temperatur. Ich fragte nach dem Pfarrer und schickte meine Karte hinein. Sehr bald kam Antwort, daß er beim Konfirmandenunterricht sei, mich aber bitten lasse, derweilen in sein Zimmer einzutreten. Und hier war ich denn nun und wartete.

Unter Umständen nichts angenehmer als solche Warte-Viertelstunden, in denen man die Geschichte des Hauses oder den Charakter seiner Bewohner von den Wänden liest. Denn nichts spricht deutlicher als Zimmereinrichtungen und selbst die nichtssagenden und modisch-indifferenten machen keine Ausnahme. Sie weisen dann eben auf nichtssagende und modisch-indifferente Leute hin. In der Studierstube zu Malchow aber war nichts indifferent, und die Grecborte der Gardinen, der gotisch geschnitzte Schlüsselkasten mit Bild und Spruch, dazu der über dem Sofa thronende Thorwaldsensche Christus inmitten der abgestuften Schar seiner Jünger, alles stimmte zu den hohen Bücherregalen, auf denen die theologischen und die Fritz Reuterschen Schriften in aller Friedlichkeit beisammenstanden. Und dazu die Kreuzzeitung auf dem Tisch, und ein Luftton, in welchem die Morgenzigarre nachdämmerte. Das märkische Pfarrhaus in seiner anspruchslosen und doch zugleich von Kunst und Schönheit leise berührten Behaglichkeit hatte nie lebendiger zu mir gesprochen.

Und so sollt' ich's bestätigt finden. Eine halbe Stunde später und der freundliche Pfarrer und seine noch freundlichere Frau saßen mit mir um den Kaffeetisch, und wieder noch ein Weilchen und jener bekannte Begegnungspunkt war gefunden, wo plötzlich von sieben Seiten her alle Wege zusammenlaufen und man nur noch verwundert ist, sich nicht vorher schon getroffen und die Hände geschüttelt zu haben. Und dazu die tiefere Lebensbetrachtung: »Wie klein ist doch die Welt.«

Ich glaube fast, ich war es selbst, der sich bis zu diesem Satze verstieg, und wer weiß, welche weiteren Stufen der Erkenntnis und Weisheit ich noch erklommen hätte, wenn nicht der Pfarrer eben jetzt auf die hinter den kahlen Kirschbäumen niedergehende Sonne gedeutet und mich dadurch an den Kirchgang und die v. Fuchssche Familiengruft erinnert hätte. So verabschiedeten wir uns denn bei der Frau Pfarrin und schlugen einen Richtweg ein, der uns erst über Gartenbeete, dann über verschneite Gräber fort bis an einen Seiteneingang der Kirche führte. Und nun öffnete sich die Tür und der Zugwind trieb über unsere Köpfe weg einen breiten Schneestreifen in die Kirche hinein. Ein fahles Rot stand noch in den Scheiben, gerade hell genug, um uns alles rundum erkennen zu lassen. Die Wände zeigten sich frisch getüncht, Orgel und Altar blank, und die Pfeiler mit vielen Bibelsprüchen bedeckt, aber das erste Gefühl, das ich angesichts dieser Herrlichkeit hatte, war doch das einer gewissen Beschämung und einer halben Aussöhnung mit dem *maître d'école* drüben. »Ihr Besuch würde resultatlos verlaufen«, waren seine gebildeten Worte gewesen, und er schien recht behalten zu sollen.

Es mochte sich etwas von Enttäuschung in meinem Gesichte spiegeln, weshalb der Prediger, als wir den Mittelgang halb hinauf waren, in freundlichstem Tone zu mir sagte: »hier war die Gruft.«

Ich meinerseits hielt es für angezeigt dieser Freundlichkeit durch eine gleiche zu begegnen und erwiderte: »Ja, hier muß es gewesen sein. Man kann noch deutlich die neuen Fliesen von den alten unterscheiden.« Eigentlich aber war es nicht der Fall.

»Und« fuhr der Prediger fort: »hier war auch das Fuchssche Wappen.« Und dabei wies er mit dem Zeigefinger auf einen Punkt in der Luft, etwa vier Fuß hoch über der Brüstung eines niedrigen Chorstuhls. Es hatte durchaus etwas Gespenstisch-Visionäres, wie wenn Macbeth den Dolch sieht, und das bestimmt ausgesprochene »hier« ließ mich auf eine Sekunde ganz ernsthaft nach der Erscheinung suchen. Aber es blieb alles unsichtbar und ich fröstelte nur noch die Frage heraus: »Dies ist also alles?«

»Ich fürchte, ja. Wenn Sie sich nicht vielleicht für einen Spruch interessieren, den des alten Johann Porsts Nachfolger an die Sakristeitür geschrieben hat.«

»O, ich interessiere mich *sehr* für Sprüche ...« Und so las ich denn:

Printtz Markgraff Ludewig
Stiff't hier zu Gottes Ehren
Kirch'fenster, Sakristei
Nebst zweien neuen Chören.
Gott sei sein Schild, sein Lohn,
Sein Schutz, sein Eigenthum,
Er laß es feste stehn.
Zu seinem ewgen Ruhm.

Das Feuer, das aus diesem Spruch auflohte, schien mir unausreichend die Kirchentemperatur zu verbessern, und so schlug ich einen raschen Rückzug an die Herdplätze menschlicher Wohnungen vor. Der Pfarrer schien von demselben Verlangen erfüllt, und ehe fünf Minuten um waren, waren wir wieder daheim und stampften auf der Strohmatte seines Flurs den Schnee von unseren Füßen.

Drinnen brannte jetzt Licht, aus der Nebenstube drangen Kinderstimmen und vom Flur her hörten wir das Klappern der Plätteisen, wenn neue Bolzen eingeschüttet wurden. An Wand und Decke hin aber huschten die Schatten der draußen an unserem Fenster Vorbeipassierenden. Der Thorwaldsensche Christus über dem Sofa schien in dem Widerspiel von Licht und Schatten zu wachsen und während die Gestalten seiner Jünger mehr und mehr zurücktraten, war es als stünd' er freundlich segnend *uns* zu Häupten, der gute Hirt einer allerkleinsten Gemeinde. Die Kreuzzeitung war inzwischen sorgfältig zusammengefaltet worden und statt ihrer lag das Malchower Kirchenbuch auf dem Tisch. Es waren Blätter von 1698 bis 1704 die wir nun überflogen, um vielleicht an der Hand des alten Porst, damaligen Predigers zu Malchow, einen Blick in die von Fuchssche Herrschaft jener Epoche tun zu können. Aus allem ging hervor, daß es der alte Gesangbuchmann mit Predigt und Seelsorge sehr ernst genommen

haben mußte, was aber die Fuchsiana betraf, so schien uns leider auch *diese* Quelle versagen zu wollen. Ich beschloß deshalb auch vor dem letzten nicht zurückzuschrecken und die Taufregister auf Namen und Titel hin gewissenhaft durchzulesen. Und siehe da, der Mosesstab, der den Quell aus dem Stein weckt, war auf der Stelle gefunden. Es tröpfelte zwar nur, aber die Kühle frischen Wassers labte doch meine Zunge. Sieben Jahre lang hatte Johannes Porst an eben dieser Stelle fungiert und in jedem dieser sieben Jahre siebenmal getauft; – auch darin also vollzog sich ein Gesetz. Und als ich nun mit allen 49 Taufen glücklich durch war, kannt' ich Malchow in seinem damaligen Besitz- und Personalbestande so genau, wie wenn ich ein Katasterbeamter unter König Friedrich I. oder wohl gar der Dorfschulmeister von Anno 1704 gewesen wäre. Denn die Malchower, kluge Leute schon damals, hatten sich in den seltensten Fällen bei der Auswahl ihrer Paten auf sich und ihresgleichen beschränkt, sondern waren immer bestrebt gewesen in den christlichen Schutz des Herrenhauses, am liebsten und häufigsten in den des Beamten- und Dienstpersonals zu treten. Aus der Reihe der betreffenden Personen aber mögen hier, unter Anlehnung an die

Taufregister, folgende Namen und Titulaturen stehn: Herr *Schlichting*, »Lustgärtner«; Monsieur *Ernst*, Lakai bei des Freiherrn von Fuchs Exzellenz; Monsieur *Abraham Luckold*, Koch bei Sr. Exzellenz; Monsieur *Peter Schultze*, Kammerdiener bei Sr. Exzellenz; Mademoiselle *Johanna Zollikoferin*, Kammermädchen bei Madame la Baronne de Fuchs; Jungfer Anna Dorothea *Philitzin*, Mädchen bei der Freifrau v. Fuchs; Jungfer Anna Maria *Löschin*, Mädchen bei der Frau Baronin. Alle diese Personen finden sich wiederholentlich. Der eigentlich große Taufakt jener Epoche scheint aber der im Hause des Dorfkrügers gewesen zu sein. Hier begegnen wir allen möglichen »*großen* Namen« aus der Zeit von 1698 bis 1704. Und zwar: *Paul* Freiherr von *Fuchs*, Geheimer Etats- und Kriegsrat; Baron von *Hertefeld*, Oberforstmeister in Cleve; *Johann* Paul Freiherr v. *Fuchs*, Hof- und Ravensbergischer Appellationsgerichtsrat; Madame Louise de Fuchs, *née* de Friedeborn; Madame la Baronne de Hertefeld, *née* de Bozelar; Madame de Fuchs *née* Bozelar. Nehmen wir noch die sich an andrer Stelle findenden Namen der Frau von *Barfus* aus dem benachbarten Blankenburg, der Frau Apotheker *Zornin* aus Berlin und des Christoph *Hammer*, Leibkutschers bei Seiner

Durchlaucht dem Markgrafen Albrecht von Brandenburg hinzu, so wird es uns unschwer gelingen ein Bild des Malchower Lebens aus seinen historischen sieben Jahren aufzubauen. Es waren eben Umgangs- und Gesellschaftsformen, auf die genau die Schilderung paßt, die F. v. Salpius in seiner eingangs erwähnten Paul v. Fuchsschen Monographie von dem Leben der damaligen regierenden Klassen entworfen hat.

»Man kann« so schreibt er »von den brandenburgischen Landen jener Epoche behaupten, daß die Regierenden zu den Besitzenden gehörten und daß die Besitzenden wiederum in der Regierung saßen. Die Mitglieder des geheimen Rates scheinen durchgängig im Wohlstande gewesen zu sein. Der Wege zu solchem gab es, abgesehen von Geburt und Heirat, verschiedene: Ausstattung mit heimgefallenen Lehngütern seitens des Kurfürsten, sogenannte Dotationen; in andern Fällen bedeutender Kriegsgewinn (wie denn beispielsweise dem General v. Schöning eine auf 40000 Taler *Lösegeld* zu veranschlagende Anzahl gefangener Juden zufiel) und endlich Vereinigung mehrerer Ämter in einer Person. So bezog *Fuchs*, als Oberpostdirektor, eine jährliche Zulage zu seinem anderweitigen Gehalt und außerdem den zwan-

zigsten Teil aller in Berlin aufkommenden Postgelder. Aus eben diesen Erträgen war es, daß er in den Besitz von Malchow gelangte.«

So F. v. Salpius. Und noch eingehender dann an anderer Stelle: »Der höhere Staatsdienst, und zwar aus den vorangeführten Gründen, war ein mehr lohnender Beruf als *jetzt*, und die Geheimräte vergaßen über den staatlichen Interessen nicht die ihrigen. Dazu gewährte der Fürsten- und Staatsdienst ein größeres Ansehen als heutzutage, wo der Ehrgeiz auch anderweitig sein Feld der Betätigung findet. Aber mit der Wahrnehmung des eigenen Vorteils ging doch immer zugleich auch die strengste Pflichterfüllung Hand in Hand. Sie lebten, wie der Große Kurfürst selbst, der Überzeugung, daß sie vor allem zur Erhaltung der Machtstellung des Staates das Ihrige beizutragen hätten. Neben diesem Zuge springt vor allem ihre Vielseitigkeit und Findigkeit ins Auge. Dieselbe ruhte zum Teil auf der verhältnismäßigen Einfachheit der damaligen Zustände, nicht minder aber auf ihrer persönlichen Vorbildung, Spannkraft und Beweglichkeit. Die Mitglieder des geheimen Rats hatten schon als Jünglinge auf Reisen mannigfache Kenntnisse gesammelt; im Staatsdienste tummelten sie sich bald hier bald dort, arbeiteten sich bald in dieses, bald in jenes Fach ein. Das bewahrte sie vor jeder geistigen Verkümmerung, sie blieben stets frisch und *erfreuten sich fast immer eines guten Humors.* Hierfür sprechen ihre lebensvollen, mit anschaulichen Bildern durchwobenen amtlichen Berichte und Reden, welche den Charakter der Ursprünglichkeit, oft den der Naivität tragen. Ihren Gemeinsinn bewiesen sie nicht nur durch treue Arbeit, sondern auch als *fröhliche Geber.* In ihrer Heimat, in der Gemeinde ihres Wohnorts oder Gutes, verwandten sie beträchtliche Summen für gemeinnützige Zwecke. Der Feldmarschall von *Sparr* baute Kirchen und Türme, schenkte Glasmalereien und Glocken, *Derfflinger* ließ eine stattliche Dorfkirche aufführen, der ältere *Schwerin* tat ein Gleiches. Joachim Ernst v. *Grumbkow* gründete ein Kloster für zwölf Jungfrauen, der jüngere *Jena* bestimmte 60 000 Taler für ein Fräuleinstift und ein Hospital. Ähnlich verfuhr auch unser *Paul v. Fuchs.* Er ließ in Malchow ein Predigerwitwen-, sowie ein Armen- und Waisenhaus herstellen.«

Ob diese Stiftungen noch existieren, hab' ich an Ort und Stelle nicht in Erfahrung gebracht.

Der Abend war mittlerweile hereingebrochen und mein freundlicher Wirt begleitete mich eine gute Strecke, bis die Lichter von Weißensee hell auf meinen Weg fielen. Dann schieden wir, hoffentlich nicht für immer, und abermals anderthalb Stunden später lagen die Schneefelder und die grünen Staketenzäune, *la maison rouge* und der *maître d'école*, das warme Pfarrhaus und die kalte Kirche, die Grecborten und das gespenstische Wappen derer v. Fuchs – alles traumhaft hinter mir.

Ein entzückender Tag. Die Gruft hatte nichts herausgegeben, aber das Leben hatte bunt und vielgestaltig zu mir gesprochen.

Und das bedeutet das Beste.

## »ICH WILL EINEN GANZEN MANN UND EIN GANZES HERZ«

Den 23. kam die Küste von Angeln in Sicht, und als es zehn Uhr heran war, sah man, von Deck aus, Schloß Holkenäs auf seiner Düne. Die Linien waren verschwommen, denn ein leiser Nebel zog, und einen Augenblick begann es sogar zu schneien. Aber der Flockentanz hörte bald wieder auf, und auch der Nebel war so gut wie verschwunden, als die Schiffsglocke zu läuten anhob und der stattliche Dampfer anlegte. Holk überschritt die kleine Geländerbrücke, die man vom Deck her nach dem Wassersteg hinübergeschoben hatte, dann schaffte der Stewart sein Gepäck nach, und ehe fünf Minuten um waren, dampfte der »Holger Danske« weiter auf Glücksburg zu. Holk sah dem Schiff eine Weile nach, dann warf er seinen Mantel, der ihn beim Ersteigen der Terrasse nur behindert haben würde, zwischen die beiden Koffer und schickte sich an, den Steg entlangzugehen. Dann und wann blieb er stehen und sah nach Holkenäs hinauf. Es lag jetzt, wo der Nebel sich momentan verzogen hatte, klar vor ihm, aber öd und einsam, und der dünne Rauch, der aufstieg, wirkte, wie wenn nur noch ein halbes Leben da oben zu finden sei. Die ziemlich zahlreichen Sträucher in Front der Vorhalle waren, ein paar kleine Zypressen abgerechnet, alle kahl und entblättert, und die Vorhalle selbst zeigte sich mit Brettern verkleidet und mit Matten verhängt, um die hinter gelegenen Räume nach Möglichkeit gegen den Nordost zu schützen. Alles still und schwermütig, aber ein Friede, wie der Nachglanz eines früheren Glücks, war doch darüber ausgebreitet, und diesen kam er jetzt zu stören. Eine Furcht befiel ihn plötzlich vor dem, was er vorhatte; Zweifel kamen, und sein Gewissen, so gut er's einzulullen wußte, wollte nicht ganz schweigen. Aber so oder so, jedenfalls war es zu spät, und er konnte nicht mehr zurück. Es mußte sein. Wie würde Ebba ihn ausgelacht und ihm den Rücken gekehrt haben, wenn er bei seinem Wiedereintreffen in Kopenhagen ihr gesagt hätte: »Ich wollt' es tun, aber ich konnt' es nicht.« Und so nahm er denn seinen Weg wieder auf und stieg endlich langsam die Terrasse hinauf. Als er oben war, rief er einen alten, zufällig des Weges kommenden Diener an, der in einem Nebenhause seit Jahr und Tag schon das Gnadenbrot aß, und fragte ihn, »ob die Gräfin im Schloß sei?« »Gewiß, Herr Graf«, sagte der Alte fast erschrocken, »in ihrem Schlafzimmer oben. Ich will voraus und der Frau Gräfin melden, daß der Herr Graf angekommen sind.« »Nein, laß«, sagte Holk, »ich will selber gehen.« Und nun ging er, sich zunächst seitwärts haltend, auf die Rückfront des Schlosses zu, die den Blick landeinwärts auf die bergabsteigenden Park- und Gartenanlagen hatte.

Hier angekommen, nahm sich alles wärmer und wohnlicher aus, und Holk, als er einen Augenblick Umschau gehalten hatte, stieg die drei Marmorstufen hinauf, die, zwischen zwei Säulen hindurch, auf die Tür des Gartensalons zuführten. Und nun trat er in den Salon selbst ein, in dem sich alles, trotzdem die Kinder nicht da waren, in weihnachtlicher Vorbereitung zu befinden schien. Auf dem Ecktisch mit der türkischen Decke, daran vordem Christine mit der Dobschütz und Asta zu sitzen und Handarbeiten zu machen pflegte, stand eine figurenreiche, schon durch Jahre hin gebrauchte, aber immer noch sehr wohlerhaltene Weihnachtskrippe, während in der Ecke schräg gegenüber ein Christbaum aufragte, noch ganz schmucklos, aber sehr hoch, so daß seine Spitze fast bis an die Decke reichte. Nach allem mußte hier irgendwer eben noch tätig gewesen sein, nur daß sich niemand zeigte. War man vor ihm geflohen? Aber eh er sich selbst darauf antworten konnte, sah er, daß er sich geirrt hatte, wenigstens in dem, was das Fliehen vor ihm anging; denn aus der dunklen Hintergrundsecke, die der vorgestellte Christbaum bildete, trat jetzt eine schwarz gekleidete Dame hervor. Es war die Dobschütz, eine Schale mit vergoldeten und versilberten Nüssen in der Hand, mit denen sie den Baum zu schmücken eben begonnen haben mochte. Sie fuhr zusammen, als sie den Grafen erkannte. »Was ist geschehen? Soll ich Christine rufen?«

»Nein, liebe Dobschütz«, sagte Holk. »Lassen wir Christine noch eine Weile. Was sie hören muß, hört sie früh genug. Ich bin früher hier als erwartet und hätte gern einen andern Tag gewählt als diesen. Aber ich bleibe nicht lange.«

Die Dobschütz wußte, wie's stand und welche sich immer steigernden Ernüchterungen und Kränkungen diese letzten Wochen gebracht hatten; aber das, was sie da eben von Holk selbst hörte, war doch noch mehr, ging darüber hinaus. Was sollten diese Worte, die nichts und alles bedeuteten? Und dabei stand er vor ihr mit einem halb trotzigen und doch zugleich verlegenen Gesichtsausdruck, wie wenn er als Ankläger andrer und zugleich seiner selbst käme.

»Ich will doch lieber gehen und Christine sagen, daß Sie da sind.«

Er nickte, als ob er andeuten wollte: nun gut, auch das; es ist gleichgültig, jetzt oder nach einer Viertelstunde. Dabei schritt er auf die Krippe zu, nahm etliche von den Figuren in die Hand und sah sich um, ob die Dobschütz mittlerweile das Zimmer verlassen habe oder nicht.

Ja, sie war fort. Und nun erst ließ er seine Augen umhergleiten, Großes und Kleines halb gleichgültig musternd, und sah bei der Gelegenheit auch auf die Parkgänge hinaus, darin ein paar Hühner spazieren gingen, weil niemand da war, der's ihnen wehrte. Dann erst trat er wieder zurück und an den offen stehenden Flügel, denselben, daran Elisabeth Petersen und Asta so oft gesessen und vierhändig gespielt oder auch ihre Lieder gesungen hatten, eins am letzten oder vorletzten Tage vor seiner Abreise. Und mit einem Male war es ihm, als hör' er's noch, aber aus weiter, weiter Ferne.

So stand er und träumte vor sich hin, in halbem Vergessen dessen, um was er eigentlich hierhergekommen, als er zu bemerken glaubte, daß die Tür ging. Und nun wandte er sich und sah, daß Christine eingetreten war. Sie blieb stehen und

hatte die Hand der Dobschütz genommen, wie um sich zu halten. Holk ging auf sie zu. »Guten Tag, Christine. Du siehst mich früher wieder, als ich erwartete.«

»Ja«, sagte sie, »früher.« Und sie gab ihm die Hand und wartete, was er tun würde. Das sollte ihr dann ein Zeichen sein, wie's stünde, denn sie wußte, daß er, trotz aller seiner Schwächen, ehrlich war und sich nicht gut verstellen konnte.

Holk hielt ihre Hand in der seinen und wollte sie fest ansehen. Aber er konnte den ruhigen Blick, der dem seinen begegnete, nicht ertragen und so wandt' er sein Auge wieder beiseite, um es nicht niederschlagen zu müssen, und sagte, während sie in ihrem Schweigen verharrte: »Wollen wir uns nicht setzen, Christine?«

Dabei schritten beide auf den Ecktisch zu. Die Dobschütz folgte, blieb aber stehen, während sich die Gräfin setzte, Holk ihr gegenüber, nachdem er einen Lehnstuhl herangeschoben hatte. Die Weihnachtskrippe stand zwischen ihnen, und über die Krippe fort fragten sich ihre Blicke.

»Geh, liebe Julie«, sagte die Gräfin nach einer Pause. »Wir sind wohl besser allein. Ich glaube, daß mir Holk etwas sagen will.«

Die Dobschütz zögerte, nicht weil sie Zeuge des Peinlichen zu sein wünschte, was sich sichtlich vorbereitete, sondern aus Liebe zu Christine, hinsichtlich deren sie fürchtete, daß sie ihres Beistandes bedürftig sein würde. Zuletzt aber ging sie.

Holk seinerseits schien die letzten Worte seiner Frau, »daß er ihr mutmaßlich etwas zu sagen habe«, zunächst wenigstens widerlegen zu wollen; er schwieg und spielte dabei mit dem Christkind, das er, ohne recht zu wissen, was er tat, der Jungfrau Maria vom Schoß genommen hatte.

Christine sah ihn an und fühlte beinah Mitleid mit ihm. »Ich will es dir leicht machen, Holk«, sagte sie.« Was du nicht sagen magst, *ich* will es dir sagen. Am Silvester oder am Neujahrstag haben wir dich erwartet, nun kommst du zu Weihnacht. Ich glaube nicht, daß du der Krippe wegen gekommen bist, auch nicht des Christkindes wegen, mit dem du spielst. Es liegt dir etwas sehr andres am Herzen als das Christkind, und es kann nur noch die Frage sein, wie dein Glück heißt, ob Brigitte oder Ebba. Eigentlich ist es gleich. Du bist gekommen, um auf das, was ich dir als Letztes und Äußerstes vorschlug, einzugehen und mir dabei zu sagen: ›Ich hätt' es ja so gewollt‹. Und wenn du das sagen willst, so sag es; du darfst es. Ja, ich hab' es so gewollt, denn ich bin nicht für halbe Verhältnisse. Zu den vielen Selbstsüchtigkeiten, die mich auszeichnen, gehört auch *die*, nicht teilen zu wollen, ich will einen ganzen Mann und ein ganzes Herz und mag nicht eines Mannes Sommerfrau sein, während andere die Winterfrau spielen und sich untereinander ablösen. Also sprich es aus, daß du gekommen bist, um mit mir von Trennung zu sprechen.«

Es war nicht gut, daß die Gräfin ihr Herz nicht bezwingen konnte. Vielleicht, daß sie, bei milderer Sprache, den so Bestimmbaren doch umgestimmt und ihn zur Erkenntnis seines Irrtums geführt hätte. Denn die Stimme von Recht und Gewissen sprach ohnehin beständig in ihm, und es gebrach ihm nur an Kraft, dieser Stimme zum Siege zu verhelfen. Gelang es Christine, diese Kraft zu stärken, so war Umkehr immer noch möglich, auch jetzt noch; aber sie versah es im Ton und rief dadurch all das wieder wach, was ihn, ach, so lange schon, gereizt und, seit er Ebba kannte, so willfährig gemacht hatte, sich selber Absolution zu erteilen.

Und so warf er denn, als Christine jetzt schwieg, das Christkind wieder in die Krippe, gleichgültig, wo die Puppe hinfiel, und sagte: »Du willst es mir leicht machen, so glaub' ich, waren deine Worte. Nun, ich bin dir das Anerkenntnis schuldig, daß du hinter deinem guten Willen nicht zurückgeblieben bist. Immer derselbe Ton der Überhebung. Daß ich dir's offen bekenne, ich war erschüttert, als ich dich da vorhin eintreten und, auf die gute Dobschütz gestützt, auf mich zukommen sah. Aber ich bin es nicht mehr. Du hast nichts von dem, was wohltut und tröstet und einem eine Last von den Schultern nimmt oder wohl gar Blumen auf unsren Weg streut. Du hast nichts von Licht und Sonne. Dir fehlt alles Weibliche, du bist herb und moros…«

»Und selbstgerecht…«

»Und selbstgerecht. Und vor allem so glaubenssicher in allem, was du sagst und tust, daß man es eine Weile selber zu glauben anfängt und glaubt und glaubt, bis es einem eines Tages wie Schuppen von den Augen fällt und man außer sich über

sich selbst gerät und vor allem darüber, daß man den Ausblick auf einen engen, auf kaum zehn Schritt errichteten Plankenzaun mit einem Grabtuch darüber für den Blick in die schöne Gotteswelt halten konnte. Ja, Christine, es gibt eine schöne Gotteswelt, hell und weit, und in dieser Welt will ich leben, in einer Welt, die nicht das Paradies ist, aber doch ein Abglanz davon, und in dieser hellen und heitern Welt will ich die Nachtigallen schlagen hören, statt einen Steinadler oder meinetwegen auch einen Kondor ewig feierlich in den Himmel steigen zu sehen.«

»Nun, Holk, laß es genug davon sein, ich will dir dein Paradies nicht länger verschließen, denn das mit dem bloßen ›Abglanz‹ davon, das redest du nur so hin; du willst dein richtiges irdisches Paradies haben und willst, wie du dich eigentümlich genug ausdrückst, die Nachtigallen darin schlagen hören. Aber sie werden über kurz oder lang verstummen, und du wirst dann nur noch *eine* Vogelstimme hören und nicht zu deiner Freude, leiser und immer schmerzlicher, und du wirst dann auf ein unglückliches Leben zurückblicken. Von den Kindern spreche ich dir nicht, ich mag sie nicht in ein Gespräch wie dieses hineinziehen; ein Mann, der der Stimme seiner Frau kein

Ohr leiht, einer Frau, die den Anspruch auf seine Liebe hatte, weil sie in Liebe für ihn aufging – der hört auch nicht auf das, was ihm die bloßen Namen seiner Kinder zurufen. Ich gehe. Mein Bruder wird von Arnewiek aus meine Sache führen, aber nicht etwa in dem Sinne eines Widerstandes oder Protestes gegen das, was du vorhast, davor sei Gott, nur zur Regelung dessen, was geregelt werden muß und wo obenan steht, ob die Kinder deine sein sollen oder meine. Du wirst (und sie lächelte bitter), soweit ich dich kenne, keine Schwierigkeiten nach *dieser* Seite hin machen; es gab wohl Zeiten, wo dir die Kinder etwas bedeuteten, aber das liegt zurück. Die Zeiten ändern sich, und was dir eine Freude war, ist dir eine Last geworden. Ich will deine künftige Hausführung nach Möglichkeit aller Mühewaltungen überheben, auch der Mühewaltung der Stiefmutterschaft. Und nun lebe wohl, und werde nicht zu hart gestraft für diese Stunde.«

Dabei hatte sie sich von ihrem Platz erhoben und ging, sie wollte ihm nicht ausweichen, scharf an ihm vorüber auf die Tür zu. Von der Schwäche, die sie bei ihrem Eintreten gezeigt hatte, war in ihrer ganzen Haltung nichts mehr; die Empörung, die ihr Herz füllte, gab ihr Kraft zu allem.

Auch Holk erhob sich. Eine Welt widerstreitender Empfindungen regte sich in seiner Seele; was aber nach allem, was er eben wieder gehört hatte, doch vorwog, war ein Gefühl bitterer Verdrossenheit. Eine ganze Weile schritt er auf und ab, und dann erst trat er an die Balkontür heran und sah wieder auf den Parkgang hinaus, der, mit Blättern und Tannäpfeln überstreut, in leiser Schrägung bergab und zuletzt links einbiegend nach Holkebye führte. Der Himmel hatte sich wieder bezogen und eh eine Minute um war, begann ein heftiges Schneetreiben, ein Tanzen und Wirbeln, bis der Windzug plötzlich nachließ und die Flokken schwer und dicht herniederfielen.

## ZUM 24. DEZEMBER 1890

Ruhig sein, nicht ärgern, nicht kränken,
Ist das allerbeste Schenken;
Aber mit diesem Pfefferkuchen
Will ich es noch mal versuchen.

TEXTNACHWEISE

»Alles muß seinen Schick haben«, S. 42, aus: Theodor Fontane, *Mathilde Möhring*, mit einem Nachwort von Peter Demetz, Insel Verlag Frankfurt am Main 1988

»Die schwarze Suppe der Spartaner«, S. 49, aus: Theodor Fontane, *Meine Kinderjahre. Autobiographischer Roman*, mit einem Nachwort von Otto Drude, Insel Verlag Frankfurt am Main 1983

Heiligabend, S. 10, aus: Theodor Fontane, *Vor dem Sturm. Roman aus dem Winter 1812 auf 13*, mit einem Nachwort von Hugo Aust, Insel Verlag Frankfurt am Main 1982

»Ich werde doch vielleicht tanzen«, S. 26, aus: Theodor Fontane, *Effi Briest*, mit 21 Lithographien von Max Liebermann, Insel Verlag Frankfurt am Main 1976

»Ich will einen ganzen Mann und ein ganzes Herz«, S. 84, aus: Theodor Fontane, *Unwiederbringlich*, Insel Verlag Frankfurt am Main und Leipzig 1994

»Weihnachten war es nichts«, S. 57, aus: Theodor Fontane, *Die Poggenpuhls*, Insel Verlag Frankfurt am Main 1990

»Weihnachtswanderung«, S. 65, aus: Theodor Fontane, *Wanderungen durch die Mark Brandenburg*, herausgegeben von Gotthard Erler und Rudolf Mingau, Vierter Teil: Spreeland, Insel Verlag Frankfurt am Main 1976

Zu Weihnachten, S. 37, aus: Theodor Fontane, *Grete Minde*, nach einer altmärkischen Chronik, mit einem Nachwort von Peter Demetz, Insel Verlag Frankfurt am Main 1989

Zum 24. Dezember 1890, S. 9 und 97, aus: Theodor Fontane, *Gedichte in einem Band*, herausgegeben von Otto Drude, Insel Verlag Frankfurt am Main und Leipzig 1998

Erste Auflage dieser Ausgabe Insel Verlag Berlin 2024.

Bezugspapier: Selda Marlin Soganci. Gesetzt in der Schrift Centennial. Gedruckt auf holzfreies, alterungsbeständiges Werkdruckpapier der Firma LENK Paper Schleipen GmbH, Bad Dürkheim, von der Memminger MedienCentrum AG, Memmingen. Gebunden in Fadenheftung von der Conzella Verlagsbuchbinderei GmbH & Co. KG, Aschheim-Dornach. Dieses Buch wurde klimaneutral produziert: climatepartner.com/14438-2110-1001. Printed in Germany.

ISBN 978-3-458-64469-9.

www.insel-verlag.de